こんなところにまで
約束のKiss、するの？
illustration©TOMOYA ANDOH

約束～
彼女はウエイトレス！

青橋由高

illustration◎安藤智也

美少女文庫
FRANCE SHOIN

プロローグ　運命の出会い？

夕暮れにはまだ早い初夏の午後。

真鍋浩平《まなべこうへい》は両手に紙袋を抱えたまま、いつものようにその公園の前で立ちどまった。

大通りからは少し離れた場所にあるせいか、人影を見ることは少ない。

（まだ大丈夫だよね）

公園の中央に立つ時計塔で時間を確認する。まだバイトの時間には充分余裕があった。

持っていた紙袋をベンチに置き、自分も腰かける。店で使う食材はなかなか重く、両手が少し痺《しび》れていた。男手は浩平一人なので、こういった力仕事は全部自分でやらなくてはならなかった。

「やーい、ノロマ！　かえしてほしけりゃ、さっさと追いかけてこいよー！」

（ん？……）

公園の入り口のほうから、子供たちの甲高い声が聞こえてきた。見ると、小学校低学年くらいの子供数人がなにやら騒ぎながら公園に入ってくる。

「かえしてよぉ……僕の鞄《かばん》、かえしてよー！」

いかにも気弱そうな男の子を、数人が苛めている。鞄を奪われた男の子は、もう涙で顔がくしゃくしゃになっていた。膝に泥がついているのは、きっと何度も転んだせいだろう。

「…………」

まるで十年前の自分を見ているようだと、浩平は思った。当時の自分も、あの男の子のように泣いていたのだろう。

「こら、そこまでにしておきなさい！」

子供たちを諭《さと》そうと立ちあがった浩平より先に、聞き覚えのある声が公園に響いた。

「香月《かづき》……」

高岡香月《たかおかかづき》。浩平の高校の同級生であり、かつ、バイト先の洋菓子店の娘でもある。

加えて言うならば、浩平が小学生の頃からの幼なじみでもあった。もっとも、転校を繰りかえしていた浩平が香月と一緒の学校にいられたのは、ほんのわずかな期間でしかなかったが。

「君たち、大勢で一人を苛めるなんて、いいと思ってるの!?」

腰に手を当て、子供たちを大声で叱っている。声を出すたびに、ポニーテールがぽんぽん跳ねる。

「だって、そいつが……」

「だってじゃないの! 意地悪しないで、ちゃんとみんなで楽しく遊びなさい、いいわね!?」

その後もいろいろやりとりがあったようだが、どうやら仲直りさせることに成功したらしい。泣いていた男の子も、戻ってきた鞄を手に嬉しそうに笑っている。

どんな説得をしたのかわからないが、子供たちはさっきまでのことなどなかったかのように楽しく遊びはじめていた。もちろん、あの男の子も一緒に。

昔から、香月には姉御《あねご》肌《はだ》のようなところがあった。学校でも、常に友達の輪の中心にいる。生まれながらのリーダータイプなのだろう。ケンカの仲裁《ちゅうさい》をしている姿を、浩平は何度も目撃していた。

(すごいな、香月は。昔とちっとも変わってない)

十年前の浩平も、あの男の子のように友達の輪に入れてもらえず、いつも一人で泣くような毎日を送っていた。内気な性格と小柄な体格の転校生は、格好の苛めの対象になっていたのだ。

(あの日の僕も、さっきの子のように、なかなか仲間に入れてもらえなかったんだ)

それが一変した日のことを、浩平は今でも覚えている。

細かいことはもう忘却の霧の向こう側だが、印象的なことは断片として記憶に残っていた。

どうしてそうなったかは忘れたが、とにかく子供の浩平は泣いていた。たぶんその日も友達に入れてもらえず泣いていたのだろう。

「だめだよ、いつまでも泣いてちゃ」

優しく浩平の頭を撫でてくれたのは、一人の女性だった。

泣いていたせいだろうか、実は浩平は彼女の顔をよく思いだせない。ただ、ストレートの黒髪が綺麗だったこと、背が浩平より高かったこと、そして彼女の身体からほんのりといい匂いがしたことを覚えている。

「どんなにつらくても悲しくても、自分から頑張らないとだめなんだからっ」

彼女は浩平と一緒にベンチに座り、頭を撫でつづけながらいろいろなことを話してくれた。他の誰に言われても頑張る気になれなかったのに、彼女に言われると頑張れそうな気がするのが不思議だった。

「いい？　お友達が欲しければ、自分から動くのよ？　最初はだめでも、いつかきっとあなたを好きになってくれるお友達が現われるからねっ。……ほら、約束だよ！」

そして交わされた、小指と小指の約束。彼女の暖かい言葉と温かい指の感触を、浩平はずっと覚えていた。


その後すぐ、再び父の転勤で転校した浩平だったが、三年前、今度は父の栄転で、またこの街に戻ってくることになる。

そして、浩平は運命の再会を果たした。

洋菓子店『プティ・スール』。

それが、運命の出会いを導いた店の名前だった。

I 三姉妹はウエイトレス

1 プティ・スール

「やだ、見てたの？　恥ずかしいなあ。……あ、荷物、半分持とうか？」

「大丈夫だよ。……でもやっぱり姉妹だよね、昔の真琴《まこと》さんそっくりだったよ、さっきの香月。僕のときも、きっとあんな感じだったんだろうね」

「……そう」

浩平の言葉は、しかし、香月にしてみれば素直に喜べないものだった。

（どうして浩平はわかってくれないのかな、私の気持ち……）

浩平が香月の義理の姉、真琴を慕っているのはもちろん知っている。慕うどころか、恋心を抱いてることも重々承知している。なにしろ、浩平の初恋はもう十年もつづいているのだ。もっとも、その初恋の出発点に間違いがあることを、香月は浩平に告げていない。

(いつになったら気づくのかな、浩平……)

いつか間違いに気づくだろうと思いつづけて、もう三年になった。もうそろそろ、香月の我慢も限界に近づいている。

「まだ真琴姉さんのこと、好きなの?」

「いいじゃない、思うだけなら僕の勝手でしょ? 僕だって、別に本気で真琴さんと付き合えるなんて思ってないよ。ただ……ただ、側にいたいだけなんだから」

真琴は現在二十六歳。義理の父親、つまり香月の実父から譲り受けた元喫茶店、現洋菓子店の、若きオーナーを務めている。昔からケーキ屋を開くのが夢で、調理師免状を取った後、フランスで修業したこともある若きオーナーシェフだ。

その真琴に恋をした浩平が、強引に店のバイトとして『プティ・スール』に潜りこんだのが三年前。『プティ・スール』が開店した年だった。

同じクラスに転校してきた浩平を見て、香月はすぐに思いだした。

(あのときの男の子だ! ああ、またこの街に帰ってきたんだ!……)

世話好きの香月は、クラス委員長だったこともあり、転校生である浩平と一緒に過ごすことが増えた。小学生の頃、同じクラスだったことは、あえて言わなかった。できるなら、浩平のほうから思いだしてほしかったのだ。

そんなある日、高校の受験勉強を香月の家でやることになった。浩平の成績だと、第一志望に合格できる可能性は五分五分だったので、すでにA判定の出ている香月が勉強を見ることになっていた。二人の志望校は同じだった。

そして、浩平は真琴と出会った。

「いらっしゃい。久しぶりね、浩平くん。ずいぶん大きくなったけど、相変わらず可愛いわね」

「え？　お会いしたこと、ありましたっけ？」

「ええ、小学生の頃にね。覚えてないのかしら、あの公園でのことは」

「えっ！　ということは……」

「ん？　どうしたの、私の顔、じっと見て。……あ、いけない、そろそろお店に戻らないと。それじゃごゆっくり。またね、浩平くん」

にっこりと浩平に微笑みかけてから、真琴は小走りにお店へと戻っていった。この当時は真琴一人で店を切り盛りしていたのだ。

「ストレートの黒髪……ああ、真琴さんが約束の人だったんだ！……」

この日から、浩平は毎日のように高岡家を訪れることになる。名目上は受験勉強だが、浩平のお目当てが真琴なのは火を見るよりも明らかだった。

真琴も浩平を気に入ったようで、いつの間にか『プティ・スール』の手伝いまでするようになっていった。

浩平と真琴を二人っきりにさせるわけにもいかず、雪崩《なだれ》式に香月も店に出ることになる。結局、高校は二人とも無事に合格し、その後は正式にアルバイトとして真琴に雇われて今日に至っていた。

「でも、あのときの浩平はすごい積極的だったよね。姉さんに頼みこんでお店の手伝いはじめちゃうなんて。普段は私がいないとなにもできないくらいなのに」

「うぅ……反論できないのがつらいなあ。確かに僕、学校でも私生活でも、香月に頼りっぱなしだもんね。本当、感謝してるよ」

「ふん……いまさら礼なんていらないわよ。だいたいね、ウチは典型的な零細家族経営の店なんだから、人手は足りてるのよ」

これは半分本当だが、半分は嘘だった。

香月の本当の両親がはじめた喫茶店は、現在は真琴のアイディアで、ケーキをメインに売る洋菓子店に変わっている。それほど大きくない店舗ながら、美味《おい》しいケーキとコーヒーを出す店として、地元では有名だった。

大半は女性客だが、美人三姉妹として有名な真琴、香月、末っ子の奈月《なつき》のウエイトレス姿を目当てにやってくる男性客も少なくない。さらに、

(最近は、この子を目当てにやってくる女性客も増えてきたしね)

香月は横を歩く幼なじみを見た。

(この子、小学生の頃からあまり変わってないなあ……)

男子高校生にしては華奢《きゃしゃ》な体と、脂《あぶら》っ気の少ないサラサラの髪。中学生と言ってもまったく違和感のない童顔は、どう見ても自分より年下みたいだ。こんな浩平を可愛いと思う客の気持ちもわからないでもない。

一方の香月は、平均的な身長の、痩せ形のスタイル。きっちり結《ゆ》わえられたポニーテールが非常に印象的だ。やや目にキツさがあるものの、美少女と言ってもまったく問題ない容姿を誇っている。もっとも、香月本人にその自覚が著しく欠けているのも、これまでまったく艶っぽい話のない原因の一つなのだが。香月にアタックする男がいない最大の要因は、いつも側にいる浩平の存在であることは言うまでもない。

「ところでそれ、なんの材料?　いつもの買い物にしちゃ、ちょっと量が多すぎるようだけど」

「うん、今度、新しいメニューを考えようと思って。お店で使う分に加えて材料買ったら、こんなにかさばっちゃった」

「ふーん、仕事熱心だことっ」

「あ、ちょ、ちょっと香月、そんなに速く歩かないでよー」

両手いっぱいの紙袋を抱えた浩平が、よたよたと追いかけてくる。

（ふん、いい気味だわ！）

ぎりぎりで浩平がついてこられる速度で歩きながら、胸の内で悪態をつく。

（あの女のせいで私がどんな気持ちでいるのか、全然知りもしないで！）

あの女……義理の姉・真琴のことを考えると、香月はどうしても心が乱れてしまう。

香月の本当の母親が事故死したのは今から十一年前。浩平が引っ越してくる一年前のことだった。香月は当時六歳、妹の奈月はまだ三歳になったばかりだった。

香月たちの父親が再婚したのは、一周忌の明けた翌年。まだ幼い娘たちには母親が必要だろうという判断もあったらしい。だが、まだ母親の記憶が鮮明な香月にとって、それは父の重大な裏切りにしか思えなかった。幼かった奈月は比較的すんなりと新しい家族を受け入れられたが、香月は今もなお、完全に納得してはいなかった。

新しい母はともかく、その連れ子である真琴に対する感情を制御できないのだ。

母にしては若く、姉にしては年上の新しい家族。

奈月は義母にも義姉にもすぐになついたが、すでにある程度自我の芽生えていた香月にとって、それは実母に対する背信行為としか思えなかった。

「ねえねえ香月、なに怒ってるの？　僕、なんか気に障《さわ》ること、言った？」

「うるさいわね、怒ってなんかないわよ、バカ！」

八つ当たりなのはわかっていても、今の香月が素の感情を発露できるのは幼なじみである浩平だけだった。

（だいたいね、元はと言えばアンタがいい加減なせいでこんなことになってるんだからねっ）

心のなかで悪態をついているうちに、真琴の店、『プティ・スール』の前に着いた。

古い雑居ビルの一階にあるこぢんまりした店だが、明るい白を基調とした内装のせいか、ずいぶん華やかな印象があった。

香月と浩平は裏口から店に入る。香月はウエイトレス、浩平はパティシエ見習いとして、毎日、この店でバイトをしていた。

「お帰りなさい、香月お姉ちゃん、浩平お兄ちゃん」

香月とは別のウエイトレス姿の少女が、両手にトレイを持ったまま現われた。

「あれ、奈月。学校は?」

「今日は先生たちの会議があるから、生徒は早く帰らせてくれたの」

香月の三歳年下の妹である奈月は、愛らしい笑顔を向けてきた。バイトというよりも、家事手伝いといった感じで店のウエイトレスをやっている。もちろん、学校から許可をもらっている。

小学生と言っても通用しそうな小柄な身体と、西洋人形のような愛らしい表情は、店のマスコットとして客の間で親しまれていた。特徴的なお団子頭を毎日結《ゆ》っているのは香月だ。

「あ、お兄ちゃん、そろそろケーキがなくなりそうだから、急いで新しいの作ってくれって真琴お姉ちゃんが言ってたよ」

「ええ、もうなくなるの? 昨日、多めに下ごしらえしておいたんだけどなぁ」

店で出すケーキやお菓子の類《たぐい》は、前日の夜に下ごしらえをして、当日の朝や昼に真琴が焼いたりデコレーションしたりしていた。浩平が担当しているのはその下ごしらえと、夕方以降のケーキ・菓子の製作だった。

(悔しいけど、浩平の作るケーキ、美味《おい》しいんだよね……)

真琴が初恋の相手だと思いつめた浩平は、独学でケーキ作りを勉強しはじめた。高校受験という大イベントを直前に控えていた時期で、香月は散々浩平を諭《さと》したのだが、一向に聞き入れない。結局、最後には香月も折れ、浩平の独学パティシエ修業の手伝いをすることになってしまった。

何事にも不器用で要領の悪い浩平だが、まっすぐで素直な性格のせいか、一度軌道に乗るとぐんぐん伸びていくのは、勉強でも菓子作りでもまったく一緒だった。最初は香月が教える立場だったのが、二カ月もすると並ばれ、半年後にはまったく相手にならなくなっていた。

この頃になると真琴も浩平の才能に気づき、いろいろと指導をするようになっていた。憧れの真琴の指導ということで浩平の熱意にますます拍車がかかり、一年後にはオリジナル作品が『プティ・スール』に並ぶまでになっていた。

女性受けする華やかなデザインが特徴の真琴のケーキとは異なり、浩平の作るケーキは、正直見栄えがよくない。が、誰の色にも染まっていないという独学のメリットか、独特の個性的な味を創ることに関しては特異な才能を発揮した。

「お兄ちゃんの新作タルト、もう売りきれそうだから、それを先に作ってくれって」

浩平のケーキは、最初はそれほど売れなかったが、次第に常連の間で評判となり、今では『プティ・スール』になくてはならないメニューになっていた。

「奈月、ちょっと来てー」

店のほうから真琴の呼ぶ声がする。

「はーい、今行きますぅ」

パタパタと床を鳴らしながら、奈月が控え室を出ていった。

「じゃ、僕も急いでタルトを焼かないと」

すっかり馴染んだ白いエプロンを身に着けると、浩平はキッチンへと向かった。

一人残された香月も、高校の制服からウエイトレス姿に着替える。

(店に出るの……なんかやだな……)

働くのがいやなのではない。むしろ、身体を動かしてなにかをするのは性に合っている。いやなのは、店で姉や妹、浩平と一緒の場にいることだった。

「あ、香月、帰ってきてすぐで悪いんだけど、五番のテーブルにこれ、お願いね」

「うん……」

カウンターに立つ義理の姉、真琴から渡されたコーヒーカップを受け取る。

「よろしくね」

長いストレートヘアを後ろでまとめた真琴が、にっこりと笑う。

まっすぐに伸びた艶やかな黒髪とモデルのようなスラリとした長身は、同性の妹から見ても魅力的で、確かに浩平の気持ちもわからないではない。

(私よりもウエスト細いのに、胸はずっと大きいなんて不公平よ……)

頼まれたコーヒーを運びながら、自分の胸を見る。決して小さくはないが、真琴と比べるとそのボリュームはあまりにも頼りない。

(スタイルよくて美人なんて、神様、絶対にズルい。えこひいきだっ)

それでも表面上は笑顔を崩さず、そつなく仕事をこなしていく。

『プティ・スール』の客の大半は女性客だが、二割ほど男性客もいる。特にイートインでは男性客の割合が半分に迫る。香月と奈月がウエイトレスを務めるようになってからは、さらに増えていた。が、そのことに香月は気づいていない。自分が異性の目を惹《ひ》く容姿であることを知らないのだから、当然と言えば当然のことだが。

(どうせ目当ては真琴姉さんでしょっ)

女の自分ですら、ときおりドキッとさせられるのだ、男にしてみれば真琴の容姿はさぞかし魅力的に映ることだろう。事実、浩平は真琴の虜《とりこ》となっている。

ビリッ!

「きゃっ!?」

考え事をしながら歩いていたせいで、制服のスカートの裾を引っかけて破いてしまった。

「あらぁ、結構裂けちゃったわねー。縫ってあげようか?」

「ううん、大丈夫、自分で直せるから」

真琴の申し出を断り、控え室に向かう。

愛用のソーイングセットを取りだし、破けた箇所を見る。

「思ったよりひどいわね……」

これからの時刻が忙しくなるというのに、こんな制服では店に出られない。間の悪いことに、控えの制服は昨日クリーニングに出したばかりだった。

「早く直して、奈月のフォローしないと……」

奈月も店の手伝いをして長いが、やはりまだ子供。姉としては、一人で店を任せるわけにはいかなかった。真琴はカウンターから出られないし、浩平もまだケーキ作りが終わってないはずだ。腕はよくなったが、手が遅いのは相変わらずなのだ。

「……終わりっ」

大急ぎで縫い終えたスカートをはき、小走りで店に戻る。

「………」

だが、そこで香月が見たのは、

「はい、ご注文のシュー・ア・ラ・クレーム六個ですぅ」

「いらっしゃいませ、何名様ですか?」

「お待たせっ、タルト・オ・ショコラ、焼きあがったよ!」

自分がいなくてもなにも問題なく動く店内の様子だった。

奈月は小さな身体で元気に動きまわり、要領よく客を案内し、注文の品を運んでいる。

真琴は笑みを絶やすことなく、素早く注文をこなしている。

浩平は額に汗を浮かばせながら、次々と焼きたてのケーキを厨房《ちゅうぼう》からショーケースへと移している。

香月は店内に、自分の居場所を見つけることができなかった。自分はいてもいなくてもいい存在にしか思えなかった。

(真琴姉さんがいなけりゃこの店は成り立たないし、奈月も立派なウエイトレスになっている。浩平だって、今じゃお店に欠かせないパティシエなのに……)

どこにも自分のいるべき場所が見当たらない。見つけられない。

香月は半ば無意識に、今開けたばかりのドアを閉め、再び控え室へと戻っていった。

(香月?……)

目の前の客にケーキの入った紙箱を手渡しながら、真琴は視界の片隅に香月の姿をとらえていた。可愛い義理の妹たちには、無意識に視線がいってしまうのだ。

幸い客足も引きはじめていたので後は奈月と浩平で大丈夫だろうと判断し、控え室へと向かう。

(どうしたら香月、私に心を開いてくれるのかしら……)

真琴が香月と奈月の姉になって、もう十年になる。なのに、香月だけは一向に自分になついてくれない。

(私はこんなにも香月のことが好きなのに……)

初めて香月と奈月に会った日のことは、今も鮮明に覚えている。真琴の母と香月たちの父が再婚すると決まって、初めてお互いの連れ子が会うことになったあの日。

(まるで夢みたいだったわ)

当時すでに高校生となっていた真琴は、まだ幼い香月や奈月ほど再婚に抵抗はなかった。むしろ、苦労してきた母が幸せになってくれるならと、歓迎したほどだった。

新しく父となる男性の印象は悪くなかったたし、ひとりっ子だった分、可愛い妹が二人もできるのも嬉しかった。

「……香月です」

「な、奈月、ですぅ……」

父親の体に隠れながら挨拶をする幼い姉妹を見た瞬間、真琴は全身に歓喜の鳥肌が立つのを感じたのだった。

(か、可愛いいいいぃっ!!)

もともと真琴は、男だろうが女だろうが動物だろうがぬいぐるみだろうが、とにかく可愛いものに目がなかった。可愛ければすべてよしと、本気で思っているくらいだ。美しいものにはあまり興味がないが、可愛いものならなんでもいいのだ。人生観と言っていい。

そして目の前には、まるで天使のような姉妹が上目遣いで自分を見ている。

姉はまっすぐな瞳でにらみつけるように。

妹は怯えた子犬のような瞳で、真琴を見あげていた。

(ああ……可愛すぎてめまいがしちゃうぅ!……)

そしてこれ以降、真琴は本当の妹に対する以上の愛情を、この義理の妹たちに注ぎはじめることになる。その愛情がやや特殊な領域に踏みこんでいることを、真琴自身も自覚してはいた。自覚してはいたが、改善する気もなかった。

その愛情は、香月や奈月が成長した今になっても変わっていない。むしろ強くなっているくらいだ。

（えーと、奈月は手が離せそうにないし、浩ちゃんも忙しそう。香月はきっと、またスカートを縫い直そうとして控え室に戻ったわけだから、当然、今はスカートを脱いでいるわけよね……うふふ……ふふふふ……）

思わず涎れがこぼれそうになるのをあわてて手で拭う。なるたけ自然な様子を装いながら、そっと控え室の扉を開ける。幸い、誰もこちらに注意は払っていないようだ。

「かーづきっ……あれ？……」

「……どうしたの、真琴姉さん。そんな残念そうな顔して？……」

「な……なんで、スカートはいたままなの？　まさか香月、はいたままお裁縫する気なの？」

「え？　スカートなら、さっき直し終わってるけど」

香月の返答に、真琴はあからさまに落胆の表情を浮かべる。期待していた分だけ、落胆も大きい。

「真琴姉さん、また変なこと考えてたんでしょ?」

「な、なにが変なことよっ。や、やだわ香月、私たち女同士なのよ。ううん、それ以前に姉妹なんだから!」

「……どうだか……」

(まずいわ……最近の香月、どうやら私のシュミに気づきはじめてるみたい)

ただでさえこの可愛い次女にはあまり好かれてないのに、これ以上嫌われるようなことはなんとしても避けたい。この胸の内に抱いている邪《よこしま》な野望を達成するためにも、少しでも香月の警戒を解いておかなくてはならない。

「でも、スカート直し終わってるなら、どうしてまた控え室に戻ってきたの? それに……泣いてたの? 目、赤いわね」

「う……こ、これは……」

今度は香月が言葉につまる番だった。あわてて目尻を拭っても、もう遅い。

「えっと、そのぉ……あ、そうそう、トイレ、トイレに行こうと思ってたの!」

「ふぅん、トイレねえ……」

嘘だとはわかったが、これ以上は問いつめないでおく。こういったときの香月はいくら問い質《ただ》しても無駄だということを、十年一緒に暮らしてきた真琴はよく知っていた。繊細で傷つきやすいくせに、変なところで強情なのだ。

「いつになったら、私に心を許してくれるのかな、香月……」

逃げるようにトイレに向かう妹の背中を見つめながら、真琴はそっと呟いた。


「お疲れ様でしたー」

「あ、浩ちゃん、ちょっと待って」

店のシャッターをおろし、店内の掃除、明日の仕こみもすべて終わった浩平を真琴が呼びとめる。

「なんですか？　掃除も仕こみも終わってますよ」

「帰るところを悪いんだけど、もうちょっとだけ付き合ってくれる？　浩ちゃんたちに新しい制服できたから、試着してもらおうかと思って」

「ああ、前に採寸してたやつですね。でも、あれからずいぶん経ってませんか？」

「いろいろサンプルは届いてたんだけど、あんまりいいデザインじゃなかったのよ。ウチにはせっかく可愛いウエイトレスとパティシエがいるんだから、おざなりな制服じゃいやだったの」

「ウエイトレスの二人は確かに可愛いですけど、僕は男ですよ……」

「あら浩ちゃんだって、あの二人に負けないくらいに可愛いわよ?」

嘘ではない。

義理の妹たちと同様、真琴はこの若いパティシエ見習いを心底可愛いと思っていた。自分になついているのも、まるで弟ができたようで嬉しい。パティシエとしての才能は自分を遥かに上まわっているし、なによりもその容姿が大好きだった。中性的な顔立ち、男としてはやや小柄な体型、自分を見る熱い視線……。

自分に対して浩平がどんな感情を抱いているか、真琴は、実は気づいていない。せいぜい、年上の女性に憧れる、思春期特有の一過性の感情だろうと思っていた。だから、浩平を恋愛対象として見たことは一度もなかった。

(浩ちゃんもそろそろモノにしたいなあ……でも、香月や奈月も捨てがたいのよね。できれば、三人とも食べちゃいたいんだけど)

同じ屋根の下だけでも香月と奈月がいるのだし、もちろん浩平だって可愛い。

真琴にとっては男も女も関係なく、ただ可愛いか否かだけが、すべての判断基準だった。だからこそ、今回の制服デザインには手間暇と金を費やしたのだ。

「ね、ねえ真琴姉さん、本当にこんなの着て、お店に出るの?……」

「うあー、奈月の制服、なんかヒラヒラしてるぅ」

浩平とともに控え室に入った真琴は、目の前にひろがる光景に一瞬めまいを覚えた。

制服が可愛いと評判のファミレスや喫茶店などを参考に自らデザインしただけあって、真琴の好みがストレートに表われている。

「いいじゃない、二人とも可愛いわよ。今の制服はちょっとおとなしすぎたからね。これくらいでちょうどいいわ。ね、浩ちゃんもそう思うでしょ？……ああ、浩ちゃんもこれに着替えてみて。きっと似合うわよ」

戸惑う浩平に無理やり制服を押しつけ、着替えさせる。

「ほら、やっぱり似合うじゃないの」

「そ、そうですか？　でもこれ、僕には立派すぎるような……」

「そんなことないわよ、今や『プティ・スール』の看板パティシエなんだから、これくらいの格好はしないとね」

「まだ見習いですけど……」

「いいのよ、そんなの。最近じゃ私よりも美味《おい》しいケーキ焼いてるんだから、もっと自信を持ちなさい、ね？」

優しく微笑んであげると、浩平は顔を真っ赤にしてうつ向いてしまった。

（ああ、そういう仕草も可愛いわぁ……）

「真琴お姉ちゃんは新しい服じゃないの?」

制服のフリルをいじりながら、奈月が尋ねる。

「あ……うん、一応私のもあるんだけど……」

急に真琴の歯切れが悪くなる。

「真琴さんの新しい制服姿、見たいなー」

「そうよね、私たちだけに着せて、自分だけ見せないってのは不公平だわ」

「うう……わ、わかったわよ、着るわよ、着ればいいんでしょっ」

しぶしぶといった顔で真琴も新しい制服に着替えてくる。

シンプルなワンピースに、申しわけ程度のリボン。腰に巻きつけたエプロンも、いたって普通のデザインだ。が、それが逆に真琴の整った容姿を際立たせている。

「真琴さん……その制服って、前のとどう違うんですか? 僕には、以前のと同じに見えるんですけど」

「真琴姉さん、本当にそれ、新しいの? 古いのをそのまま使ってない? 経費節約?」

「失礼ね、ちゃんとこれ、新しいデザインよ。そりゃ……あなたたちのに比べると、劇的に変わったわけじゃないけど……」

新しいデザインなのは間違いないが、変わった点を探すのが難しいくらいに微々たる変化だった。

（だって、私みたいな可愛げのない女が可愛い服着ても仕方ないじゃないっ）

昔から美人とか綺麗とは褒められつづけてきたが、間違っても「可愛い」と言われたことはない。自分でも可愛いなんて思えない容姿をしている。だからこそ余計に、可愛いものに憧れるのだ。人はみな、自分にないものを求めるものなのかもしれない。

（ああ、それに比べ、この子たちの可愛さったらもう！……）

香月、奈月、それに浩平。

真琴自身がデザインした制服に身を包んだ三人が並んでるのを見てるだけで、たまらなく興奮してくる。

（このまま三人とも押し倒して、制服を半脱ぎにしたまま可愛がってあげたいっ）

この場合の可愛がるとは、当然エッチな意味でのものだ。可愛いければ、真琴にとって性別はいっさい関係ない。特に、自分に対して心を開いてくれない香月に対しては、なんとしても籠絡《ろうらく》したいという気持ちが強い。

（拒まれれば拒まれるほど燃えちゃうのよね、私って）

「真琴お姉ちゃん、顔、ニヤけてるよぉ？」

（おっといけない）

あわてて顔を引き締め、口の端に溢れた涎れを啜る。欲求不満なのか、どうも最近、妄想癖が強くなった気がする。

「…………（じっ）」

そんな真琴をにらむように見ている香月の視線が痛い。

（うわ、疑ってるわね、あの目は……）

どうやら香月は、真琴のこの特殊な嗜好に感づいているフシがある。特に最近、真琴から奈月を引き離そうという意図が見え隠れしていた。危険な義姉から妹を守ろうとしているのだろう。

（う〜ん、これは早いうちに手を打っておいたほうがいいかな……）

香月の視線を受け流しながら、真琴はそんなことを思うのだった。

3 お風呂でH指導

恥ずかしいと尻ごみしていた香月たちだったが、客たちの評判は上々だった。香月と奈月だけでなく、浩平の制服姿も若い女性客を中心に好評を博した。

（うんうん、やっぱりウエイトレスは可愛いのが一番！）

忙しい仕事の合間にも、しっかり妹たちのウエイトレス服姿を楽しむ。

（女同士ってのは、こういうとき気楽よねー。いくらじろじろ見ても、痴漢って思われないもの）

そんな真琴だったからこそ、奈月の様子がおかしいのに気づいたのかもしれない。

夕方のかき入れ時になると、真琴も含め全員が忙しくなる。特に店内を仕切るウエイトレス二人の負担は相当なものだ。真琴もフォローしてあげたいのだが、とてもそこまでは手がまわらない。

そういうとき、比較的手の空きやすい浩平が非力な奈月を手伝ってあげるシーンが何度か見られた。そしてどうやら奈月が、そんな浩平に対して好意を抱いてるということもすぐに察せられた。

素直で正直な奈月なので、そういった感情の動きはすぐにわかってしまう。

（ふうん、奈月が浩ちゃんをねー）

浩平のほうは全然気づいてないようだ。もともとそういったことに関しては鈍い男でもある。

（そこがまた、うぶで可愛いところなんだけど）

真琴はさらに考えた。

(でもこれ、うまく利用できないかしら?)

香月と奈月の姉となったあの日から、いつもこんなチャンスをうかがっていたのだ。

(奈月もそろそろ年頃なんだから、いつまでも恋愛に疎《うと》すぎるってのも問題よね。将来、変な男に引っかかったら困るし、ここは姉である私が奈月を指導してあげるべきじゃないかしら?)

もちろん、これは自分のなかに残っていたわずかな良心への言いわけにすぎない。

本音は、愛する妹を思いきり可愛がりたいだけだった。

「奈月、たまにはお姉ちゃんと一緒にお風呂、入ろっか?」

だからその日の夜、真琴は自分の感情に素直になることにした。もっとも、素直にならないことのほうが圧倒的に少ない真琴ではあったが。

「な、なに言ってるのよ姉さん! 奈月をいくつだと思ってるの? もう小学生じゃないのよ!?」

「あら、香月には聞いてないわよ。私は奈月に聞いてるの。……ね、奈月、どうかしら?」

「うん、いいよー。奈月、お姉ちゃんと一緒にお風呂入るの、久しぶりだもん」

それはそうだろう。奈月は見かけこそ年齢以上に幼いが、それでももう子供ではない。いくら同性とはいえ、この年で姉と入浴するというのはあまり一般的ではない。

「ちょ、ちょっと奈月、本気なの!?」

「?……どうして香月お姉ちゃん、そんなに困った顔してるのぉ?」

「だ、だって……」

香月はちらちらと真琴の顔を見る。その目には、明らかに警戒の色が浮かんでいた。

(ふふっ、焦ってるわね、香月)

真琴の趣味を察しはじめた香月の心配をよそに、奈月は早速着替えを持って脱衣所へ向かっている。

「それじゃ、ちょっとお風呂に入ってくるわね。……ああ、香月も一緒に入りたいなら、いつでもどうぞ」

「だ、誰が入るもんですか! そ、それに、三人も一緒に入れるほど、ウチのお風呂は大きくないでしょ!」

「いいじゃない、姉妹三人で仲よく湯船に入っても。スキンシップは大事よ?」

「バ……バカぁ!」

バン!

思いきりドアを閉めると、香月は自室へと戻っていった。

「もうっ、乱暴なんだから香月は……。でも、そんな勝ち気なところもイイわぁ」

「お姉ちゃーん、まだなのー？」

風呂場のほうから奈月の呼ぶ声がしたので、真琴も急いで脱衣所へと向かった。

（うふふ、奈月の裸見るの、久しぶりだわ。どれくらい成長しているか、楽しみ……。

ううん、別に成長してなくても、それはそれでいいわね……くふふっ）

期待と欲望に胸躍らせつつ手早く衣服を脱ぎ捨て、湯気に満ちた浴室に踏みこむ。

「あ、お姉ちゃん」

奈月はこれから身体を洗おうとしているところなのか、真琴に背を向けて椅子に腰かけていた。

（ああ、これよこれ、私はこれが見たかったのっ）

白い背中を見た瞬間、真琴の全身を歓喜が駆け抜けた。

全体的に細く華奢《きゃしゃ》な印象の奈月の背中は、しかし、これからの成熟を予感させるたおやかなラインを描いている。少女の初々しさにほんの少しだけ混じった女の色気が、真琴をたまらない気持ちにさせる。

（いいわぁ、これぞ少女の背中よね……）

少女特有の肉づきの薄さと、緩やかな曲線、色素の薄い白い肌。そんな、儚《はかな》げな背中を見ているだけで、どうしようもなく胸が高まるのだ。

(それに比べ、私の身体は……)

視線をさげると、見慣れた自分の裸体が視界に入ってくる。高校生になった頃から急激にふくらみはじめた双つの乳房はその後も成長をつづけ、今では肩凝りの原因となって真琴を悩ませていた。その先端にある乳首は、すでに硬く尖りだしている。

バストが豊かな分、余計に腰のくびれも目立つ。その下にあるヒップはバストほどではないものの、見る者を惹《ひ》きつけるには充分なボリュームを誇っていた。

「お姉ちゃん、どうしたの？　そんなとこに立ってると、風邪引いちゃうよ」

「あ、そ、そうね」

まさか妹の裸に見とれていたなんて言えないので、あわてて湯船に浸かる。そうすると、今度は奈月の身体を真横から見ることができた。

(ふうん、やっぱり奈月、ちょっとおっぱいの成長が遅いみたいね)

横からだと、奈月の幼いふくらみが丸見えだった。肌とそう変わらない淡い色の乳輪の中央に、小さな乳首が陥没している。真琴の大好きな、少女の陥没乳首だった。

(ああン、たまんないわ……なんて可愛いおっぱいなのかしら！……)

今浸かったばかりだというのに、真琴は奈月の乳房に誘われるように風呂からあがった。そのまま奈月の背後にまわり、両膝をつく。

「真琴お姉ちゃん？……」

「せっかく一緒に入ったんだから、奈月の身体、お姉ちゃんが洗ってあげる」

「え、でも……きゃんっ!?」

両手にたっぷりとったボディソープを、奈月の控えめなバストに塗りこめるようにひろげていく。真琴の手のひらに、まだ芯の残った乳房の感触が伝わってきた。

（まだちょっと硬いかな？　でも、これがイイのよねー）

両手にすっぽりと完全に収まるサイズと、真琴の手を押しかえすような若々しい弾力性。

（ああ、これよこれ、やっぱり女の子のおっぱいはこうでなくっちゃ！）

義妹の乳房の感触があまりに心地よくて、真琴は手を離すことができなくなっていた。

「ちょ、ちょっとお姉ちゃん、そんなにおっぱいばかり洗っちゃやだぁ……やあん、く、くすぐったいよー」

「あら、くすぐったいだけかしら？　奈月のココ、だんだん尖ってきてるわよ」

真琴の愛撫に反応したのだろう、陥没していた乳首が申しわけ程度に顔をのぞかせている。その米粒ほどの小さな乳首を、真琴が人差し指の腹で優しく転がす。

「だ、だって、お姉ちゃんが……やぁん、だ、だめっ、そこ、つまんじゃだめなのお！　やあっ、痺《しび》れる……先っちょ、痺れちゃうよおっ」

（か、可愛い！……）

自分の腕のなかで細い身体をくねらす奈月に、真琴の理性が次第に霧散していく。

「奈月があんまりエッチな声出すから、お姉ちゃんの先っちょも硬くなってきちゃったわよ？　ほら……わかるでしょ、私のチ・ク・ビ」

ふ……と耳に息を吹きかけながら、奈月の背中に乳房を押しつける。ちょうど奈月の肩胛骨のあたりに、ピンク色の突起が当たる。

「あっ、や、やだ、お姉ちゃんのが奈月の背中に当たってるぅ……だ、だめ、奈月、変な感じなの……やあぁ、おかしい……こんなの、だめらのおぉ……っ」

「奈月、もしかして感じてるのかしら？　こんなに可愛い顔して、エッチなのね」

「わ、わかんないの……ああ、奈月、変なのお」

「いいわ、奈月、すっごく敏感なのね……ふふふっ、お姉ちゃんまでエッチな気分になってきちゃった……ほら……ね？」

乳首だけでなく乳房全体を奈月の背中に押し当てるように、身体を密着させる。奈月が半ば無意識に逃げようとするが、体格に優る真琴にがっちり押さえこまれていてはどうしようもない。

「奈月、オナニーの経験はどうなの?」

「オ、オナ! やっ……し、知らないもん、そんなのっ」

「知らないわけないでしょお? 奈月だってもう年頃だものね、エッチなことに興味がないなんて信じないわよ、お姉ちゃんは」

「や、やだ……今日の真琴お姉ちゃん、怖いよお!」

(やーん、怯えた顔も可愛いー!)

奈月が怯えれば怯えるほど、逆に真琴を喜ばせてしまう。もちろん、奈月にはそれがわからない。

「おっぱいでこれだけ感じちゃうんだもの、当然、オナニーもいっぱいしてるんでしょ? それともまさか……お姉ちゃんの知らないうちに、もうエッチしたこと、あるのかな?」

「そっ、そんなこと……だってまだ、奈月は子供だもん……あぁ、だ、だめなの、そんなに……やあぁっ!」

ピクン！

奈月の細い身体が小さく震えた。

（あ、あれ？　もしかして、イッちゃったの？）

胸を軽く愛撫しただけでイクとは、さすがに真琴も予想外だった。つまり、

（それだけこの子、敏感なのね。……いいわ、この分なら、アソコでもすぐに感じてくれるはず……）

生唾を呑みこむと、呆然としている奈月の股へゆっくり手を滑らせていく。おそらく初めての快感にびっくりしているのだろう、奈月はなんの反応も示さない。

（ふふっ、おっぱいだけでこんなに感じちゃうんだもの、アソコをいじられたらどんな可愛い反応してくれるかしら？）

改めてボディソープをまぶした指先が、奈月の股間へと迫っていく。

「あ……やだ……お姉ちゃん……だめ……はあぁ……っ」

指がじわじわと柔らかな肉丘に近づくにつれ、奈月の声が熱を帯び、甘いものへと変貌する。生まれて初めて感じる甘美な快感に、未成熟な肉体は勝手に反応してしまうようだった。免疫がない分、一度悦楽を知ると脆《もろ》いのかもしれない。

「奈月、ここの毛は薄いのね。これじゃ小学生と変わらないわよ」

奈月の肉土手にうっすらと申しわけ程度に生えた陰毛を指で弄《もてあそ》ぶ。陰毛と言うよりも、産毛《うぶげ》のような薄さだった。生えている面積も、せいぜいイチョウの葉くらいだろうか。あるいは、それよりも少ないかもしれない。

「やあっ、つままないで……そんなところの毛、つまんじゃだめぇ！」

「あら、つまむってても、たったこれだけじゃないの。それにね、この下にはもっとつまみやすいものがあるの、奈月だって知ってるでしょ？　それとも、まだつまんだこともないのかな？」

「え？……」

奈月はすぐにはわからなかったようだが、

「ま、まさか……」

「そう、女の子の一番敏感なところよ。オナニーでいじったことあるんでしょ？」

スルッ。

真琴の手が、奈月の秘所へと潜りこむ。

「ひゃふぅ！　やっ、だ、だめ、それ以上奥はだめなのっ！　やだやだ、お姉ちゃん、もうやめてぇ！」

奈月はあわてて股を閉じたが、一瞬遅かった。逆に、真琴の手を太腿で挟みこむ格好になってしまう。

「大丈夫よ、お姉ちゃんに任せて。女の子の大事な部分だもの、優しくしてあげるから、ね?」

「だ、だって、だって……やあぁ、汚いよぉ、そんなとこ、触っちゃいやぁ!」

最初はゆっくりと、指の腹の部分で幼い花弁を撫でまわす。ボディソープが潤滑油となり、真琴の手は簡単に動かすことができた。

「あっあン!……んあ、はぁんん!」

「どう、気持ちイイでしょ、お姉ちゃんの手。いいのよ、もっと力を抜いて、楽になりなさい」

「こ、怖いぃ……ああ、こんなの……やあぁ、奈月、変な気持ちになってきちゃふう……っ」

「大丈夫……さ、ちゃんと洗ってあげるから、こっち向いて」

「ああ、は、恥ずかしい……っ」

奈月の身体を反転させ、互いに向かい合う体勢になる。

「いいわ……ああ、奈月、すっごく可愛い……っ」

白い肌をうっすらと桜色に染めた奈月の裸体を、舐めるように見まわす。奈月はすっかりのぼせたのか、軽く脚を開いたまま、ぼんやりと義姉を見ていた。

ボディソープまみれになった股間を、一度シャワーで綺麗に洗い流す。わずかな秘毛が肉土手にべっとり張りついた光景に、真琴が思わず生唾を呑みこんだ。

「さあ、奈月の一番大事なところ、きれいきれいしましょうねー」

強引に両脚を左右にひろげ、その中心に潜む処女の泉に真琴が顔を寄せていく。

「!!……お姉ちゃん、そ、そんなとこ、だめェ！」

「いいの、お姉ちゃんがしっかり綺麗にしてあげるから……ン……ちゅっ……」

舌を伸ばし、まだぴっちり閉じたままの秘裂を上下に舐めていく。肉ビラは未発達な大陰唇の奥に完全に隠れているようなので、まずは秘裂をほぐすように舌を蠢《うごめ》かした。

「や、やめてっ……そこ、汚いのぉ……んあっ、お願いらのっ、そんなとこ、舐めちゃだめぇ!!」

奈月はなんとか真琴の舌から逃れようと暴れるのだが、腰から下が痺《しび》れたようになって力が入らない。それどころか、生温かい舌で舐められるたびに、勝手に腰が浮いてしまうのをとめられなかった。

「あ……やあン……んん……あはん！……」

（ふふっ、思った通り敏感ね、奈月は。ワレメちゃんもちょっとずつ開いてきたし、これなら簡単に落ちるかな？）

最初は縦のスリットに沿って舐めるだけだった舌の動きに、徐々に変化をつけていく。うっすらひろがりはじめた陰唇の中央を舌先でつついてみたり、ほぼ完全に皮に包まれたままの肉芽を転がしてみたりする。

「ひっ、ひうぅ……んああ、あっ、はあうぅ！」

奈月はその舌の動きのひとつひとつに反応を見せ、真琴を歓ばせた。その過敏な反応が、さらに真琴を妖しい行為へとエスカレートさせてしまうのだ。

舌を動かしながら、両手で奈月の未熟な大陰唇を左右にひろげていく。ぴったりと張りついていた処女の秘貝が、義姉の手によって初めてその奥を曝けだされてしまった。

「綺麗……奈月のオマ×コ、とっても可愛いわ。色もピンク色だし、ビラビラも薄くて小さいわね」

「ひいっ！　や、やだ、そんなエッチなこと、聞きたくないよぉ！」

「あら、エッチなのは奈月のココじゃないの。こんなにイヤらしいおツユを溢れさせてるくせに」

奈月の秘部が菱形に開かされ、沈着のない美しい肉襞が露出する。陰唇はまだまだ薄いが、そこが真琴にとってはたまらなく愛おしい。

「奈月だって知ってるんでしょ、ココが……オマ×コがどんな場所なのか？」

「し、知りませんっ、奈月、そんなの知らないもん！……やぁん、やだやだ、お姉ちゃん、そんな奥まで舌、挿《い》れちゃだめぇ！」

「舌だけでこんなんじゃ、浩ちゃんのオチン×ンなんか入らないわよ？」

「えっ？」

ギクリと奈月の身体が強張《こわば》った。

「どうしてそのことを、って顔してるね、奈月」

奈月の股間に顔を潜らせたまま、真琴が悪戯っぽく笑う。

「なんてったって、私は奈月の姉ですからね、可愛い妹のことは、なんでも知ってるのよね。もちろん、奈月の初恋の男の子が誰かってことも」

「嘘っ、うそうそ、そんなの嘘っ！　な、奈月、好きな男の人なんていないもん！」

胸や秘所をまさぐられているときよりも顔を赤くして、奈月が必死に否定してくる。

「浩ちゃん、優しいもんね」

「え、えと、その……あの……」

「隠さなくてもいいわよ。好きなんでしょ、浩ちゃんのこと」

「…………」

それまでなんとか真琴から逃れようとしていた奈月の動きが完全にとまった。目を忙《せわ》しなく動かしながら、どうにかして姉の尋問を誤魔化《ごまか》そうと考えているようだ。もちろん、そんな妹の考えは真琴には手に取るようにわかる。そうでなくては、一緒に入浴した意味がない。ここまでは、真琴の計画通りにことが進んでいた。

「お姉ちゃんね、奈月の味方よ? 浩ちゃんを振り向かせたいなら、いろいろアドバイスしてあげられるんだけどなー。お姉ちゃん、こう見えても結構、恋愛経験豊富だしー」

「え……」

思わせぶりな真琴の言葉に、簡単に奈月が食いついてくる。ここまでは完全に計算通りの反応だ。あまりに予想通りの展開に、逆にちょっと不安になるほどだ。

「あ、あの、お姉ちゃん……その……それ、本当なんですか? お兄ちゃん、本当に奈月のこと、好きになってくれる?……」

「好きになってくれるかどうかは保証できないけど、少なくとも浩ちゃんの注目を集めることならできるわよ。私の言う通りにすれば、ね」

「ど、どうすればいいの？　奈月、どうすればお兄ちゃんに気にしてもらえるの？」

「簡単なことよ。浩ちゃんだって健康な若い男の子なんだから、奈月が女の子だって気づかせてあげればいいだけ。まあ……簡単に言うと、お色気作戦ね」

「え……だって……そんな……」

「恥ずかしいの？」

「そ、それもあるけど……奈月、真琴お姉ちゃんや香月お姉ちゃんみたいに綺麗じゃないし、おっぱいだって全然大きくないし……」

そう言って、自分の胸を見おろす。先ほどまでの真琴の愛撫で、ふくらみの先端はまだ硬く尖っていた。

「そんなことないわ。奈月はね、自分で思ってる以上に可愛い女の子よ。浩ちゃんだって、すぐに気づいてくれるわ。でも……」

再び奈月の股間に顔を近づけ、

「そのためにも、奈月にはもう少し、こっちのお勉強が必要みたいね」

「やっ、やだ、お姉ちゃん、またそんなとこ……んうぅっ！」

「浩ちゃんに好きになってもらいたいんでしょ？　大丈夫、優しくしてあげるから、素直に気持ちよくなりなさい」

「だって……ひゃあン！」

真琴の舌が、さっきと同じように奈月の幼い秘唇を責める。先ほどひろげたばかりの薄い肉羽を、丁寧に、そして執拗に舌先で舐めまわす。尖らせた舌先でつつき、柔らかい舌の中央部分で優しく舐めあげる。たっぷりと唾液をまぶされた女陰は、わずかではあるが、ぷっくりとふくらみはじめていた。

「ううっ、んああ……っ」

最初に比べると、真琴の舌に感じる愛液の量が明らかに増えてきている。奈月の愛液は、粘度の少ない、さらさらとした感じだった。まだ、女としての成熟度が足りないせいかもしれない。

「女はね、気持ちイイことをすればするほど、どんどん綺麗に、そして色っぽくなっていくの。だから奈月も、遠慮しないでどんどん感じなさい。そうすれば、きっと浩ちゃんも奈月のこと、好きになってくれるからね」

「ああ、お兄ちゃん……お兄ちゃぁん！……」

浩平の名を聞いた途端、奈月の奥から新たに透明な蜜が溢れでてきた。喘ぎ声も、明らかに甘いものへと変わってきている。

「そうよ、浩ちゃんに舐められてると思いなさい。奈月の可愛いオマ×コを、浩ちゃ

ん の舌がぺろぺろ舐めまわしてるのよ」

「はあぁ、お兄ちゃん……気持ちイイぃ……お兄ちゃんのベロが、奈月のアソコをエッチにしてくるよぉ……あっ……シン……あはあぁ……っ!」

(うーん、素直すぎるくらい素直な性格だから、簡単に暗示に乗っちゃうわね、この子。将来、変な男に騙されないよう、ちゃんと見張っておかなくちゃ)

思惑以上に感じはじめている奈月に、真琴も少し驚いていた。舌を動かすたびに華奢《きゃしゃ》な裸体がヒクヒクと震え、指一本でもキツそうな秘口からはトロトロと透明な汁が染みでてくる。いくぶん粘度が増したようだが、それでもさらさらなのは変わらない。

(これなら、こっちも大丈夫かな?)

指先にたっぷり唾と愛液をまぶし、慎重に奈月の肉豆に触れてみる。包皮の上からでも刺激がきついのか、奈月の細い裸身がビクリと震えた。

「ひん!!……だめ……そ、そこ、怖いの……んああっ、だめ、だめなのぉ……」

だめと繰りかえしながらも、決して真琴を拒もうとはしない。初めて味わう性の快楽に、奈月の理性は押し流されつつあった。もしかしたら奈月自身、その自分の変化に気づいていないのかもしれない。ただ、本能的な衝動に身を委ねているように真琴には見えた。もちろん、そう仕向けたのも真琴なのだが。

（んふふ、これなら剝いても大丈夫ね。……それっ）

くいっ。

真琴の指が、奈月のクリトリスを覆っていた柔らかな包皮を完全に剝きあげた。米粒よりもひとまわり小さな突起が、生まれて初めて外気に触れた瞬間だった。

「あはぁ!?……はひっ、ひっ……ひやあぁ、ひゃふ！」

あまりに強烈な感覚に、奈月が上擦《うわず》った悲鳴をあげる。

「だめっ、戻して、奈月の皮、元に戻してぇ！　熱いの、奈月のお豆、なんか熱いのおぉ！」

「大丈夫よ、すぐに慣れるから。……ほら、こうしてれば痛くないでしょ?」

包皮を根元まで剝きあげたまま、秘裂の内側に舌を這わせる。

「ひん、ひっ、ひふうぅ！　おか、おかしいの、痛いのに、痛くて恥ずかしいのに、アソコが熱くて痺《しび》れるぅ！……ああ、弾けちゃう、奈月、どっかに飛んでっちゃううう!!」

ビクン！

背骨が折れようかというほどに、奈月の上半身がのけ反った。小さな乳房を見せつけるような格好のまま、小刻みに何度か痙攣した後、その場に崩れ落ちる。

「おっと、危ない危ない。……奈月、大丈夫？」

あわてて抱きとめた真琴の腕のなかで、奈月はすでに失神していた。

「あらら、処女にはちょっと刺激が強すぎたかな？」

気絶した妹の可愛い顔を見ながら、真琴は満足そうにほくそ笑んだ。

II いもうとからの贈り物

1 末妹・奈月の挑発

(なんか最近、奈月ちゃんの様子、変だなあ)

閉店後の厨房《ちゅうぼう》で一人、浩平は生地《きじ》を練りながら思った。

時刻は午後十時過ぎ。明日は土曜で学校もないので、いつもより遅い時間まで厨房に残っていた。明日の仕こみはすでに完了しているので、今は新しいメニューを研究しているところだった。

(妙に変な目で僕を見ていることがあるし、それに、その……)

ここ最近の奈月の様子を思いだして、一人、赤面してしまう。

(あれは確か……そうだ、お店の制服が新しくなった日からだった。ただでさえちょっときわどいデザインなのに、奈月ちゃん、ときどきすごい格好するんだよね……)

背を向けて、下着が見えるくらい腰を曲げてみたり。

胸もとをひろげたまま、上体を折ってみたり。

あるいは、必要以上に身体をすり寄せてきてみたり。

(あれって、僕にだけ……だよなあ)

浩平の知る限り、奈月がそんな行動に出るのは、相手が浩平のときだけだった。

(やっぱり……そうなのかな……)

浩平も、そこまで露骨にされて気づかぬほど鈍感ではない。浩平が好きなのは真琴だが、奈月に好意を寄せられていると感じるのは、決して不快ではなかった。

ただ腑に落ちないのは、あの純情で物静かな奈月が、いわゆる色仕掛けのような行為をするだろうかということだ。その点が、浩平を困惑させている原因だった。

「こんなものかな?」

生地の粘り具合を確認してから、次の工程へと進む。新メニューはほぼ完成しているのだが、大量に作る際のバラつきと、細かい味つけ、デコレーションのデザインがまだ解消されていなかった。浩平は今夜中にこの問題を解決したいと思っていた。

(へへ、このケーキが完成したら、また真琴さんに誉めてもらえるかな?)

少しでも真琴の役に立ちたいと、高校に入る前から独学でパティシエの勉強をしてきた浩平にとって、真琴に誉めてもらえるのは最大の喜びだった。

ちなみにパティシエという職業に認定試験というものはない（似た試験はある）。よって、その腕前を認められれば、それでパティシエとなるのだ。もちろん、自己申告でも構わない。浩平自身は自分をパティシエと名乗ったこともないし、名乗る気もなかった。ちゃんとしたパティシエになるにはまだまだ修業が足りないし、せいぜいパティシエ見習いという程度の認識だった。

浩平の場合は誰に師事するでもなく独学だったから、とにかくひたすら作ることで腕を磨くしかなかった。その際、ときには優しく、ときには厳しくアドバイスを送ってくれたのが香月だった。義姉の真琴がパティシエだったこともあり、香月の批評は実に的確で、浩平の才能を花開かせるのに一役買ったのは間違いない。一人ではなかなか気づかない欠点も、香月がいてくれたおかげで克服できたと浩平も自覚している。

（香月もなあ、もうちょっと真琴さんと打ち解けられればいいんだけど）

香月がどうして真琴と折り合わないのか、浩平もなんとなくはわかっている。わかってはいるが、これぱっかりは本人が解決するしかない問題なので、どうすることもできない。

（あいつ、もっと自信を持てばいいんだよな。成績もいいし、面倒見もいいし、顔だって綺麗なんだから。真琴さんと自分を比べたりすることに意味なんかないのにさ。もし、真琴さんがいなければ、きっと僕だって、あいつのことが好きになってたと思うなあ）

　香月が真琴に対してコンプレックスを持っていることは、かなり前から気づいていた。それはきっと、二人が実の姉妹でないことも少なからず影響しているとも思う。

　しかし、浩平が真琴に好意を寄せていることが香月にとってはコンプレックスとなることに、浩平自身はまったく思い至らないのだった。浩平は自分では気づいてないが、他人の感情を察するという能力がやや不足している。簡単に言えば、鈍感だ。それが香月や奈月を悩ませていることにも、無論気づいていない。

（奈月ちゃんみたいに、素直に真琴さんに甘えればいいのになあ）

　そんな自分のことには無頓着《むとんちゃく》に、再び奈月のことに思考を戻す。

　奈月と真琴は、実の姉妹のように、いや、それ以上に仲がよい。特にここ最近はいつも一緒にいることが多いようだ。

（ん？　そういえば奈月ちゃんの様子がおかしくなったのって、真琴さんと一緒にいるようになったのと同じ時期じゃないか？）

奈月の様子がおかしくなったから真琴が側にいるのか、真琴が側にいるから奈月の様子がおかしくなったのか。

（まさかなあ……単なる偶然だよ……ね。あの二人が仲いいのは今にはじまったことじゃないし）

生地をオーブンにセットしたところで、厨房のドアが開いた。

「お兄ちゃんっ」

「ああ、やっぱり浩ちゃんか。こんな遅くまでご苦労様」

現われたのは、奈月と真琴だった。二人とも風呂あがりなのだろう、髪が湿っている。服装もラフで、浩平は目のやり場に困ってしまう。奈月はタオル地のワンピース、真琴は胸もとを大きく開いたパジャマと、どちらもちょっと角度を変えれば、かなりきわどいところまで見えてしまう格好だ。

もちろん、浩平としては、奈月よりも真琴のほうに意識がいってしまう。

（だめだだめだ、エッチな目をしてたら、真琴さんに嫌われちゃう）

理性をフル動員して、真琴から無理やり視線を逸らし、

「すみません、そろそろ片づけて帰りますから」

「いいのよ、別に。私たちはまだ寝ないし、好きなだけお菓子作っていいわよ。新

作、そろそろ完成なんでしょ?」

「はあ。でも、これが焼き終わったら戸締まりして帰ります」

「どうせならお兄ちゃん、泊まっていけば? 明日、学校お休みなんだし」

「ええっ?」

「あら、それはいい考えね。私、浩ちゃんの親御さんに電話しておくわね」

「え、いや、その、そんなっ……」

浩平の返事も聞かずに、真琴が厨房を出ていく。本当に浩平の自宅へ電話をしに行ったらしい。真琴には、こういった強引な面があった。これくらい押しが強くないと店は経営できないのかもしれないと、浩平は勝手に納得していた。

(短大を卒業してすぐ、いきなり一人でフランスでパティシエ修業してきたような人だからなぁ)

「あのあの、お兄ちゃん、あとで一緒にゲームしない? さっき香月お姉ちゃん誘ったんだけど、宿題あるからって断られちゃったの」

「宿題? おかしいな。今週は特に宿題なんてなかったはずだけど」

香月と同じクラスの浩平だったが、宿題があるとは初耳だった。どうやら、奈月の誘いを断る口実らしい。

「いいよ、今オーブンに入れたケーキが焼きあがったら、それを持って居間のほうにお邪魔するね」

「わあ、お兄ちゃんのケーキ、大好きっ！　じゃあじゃあ、奈月、紅茶いれて待ってるね！」

本当に嬉しそうな顔で、奈月が調理場を小走りに出ていった。

（あいうところは前と同じなんだけどなあ）

厨房を片づけ、焼きあがったばかりのケーキを持って居間へと向かう。何回か泊まったこともあるし、家にあがったことなど数えきれないほどある。

「奈月ちゃん？」

居間に入ると、すでに紅茶のカップが置かれていた。奈月がテレビにゲーム機のコードを接続している。テーブルに置いてあるケースを見ると、定番のパズルゲームをやろうとしているようだ。奈月の好きなゲームだった。

「ちょっと待っててね、今、繋げてるから」

「う、うん……」

奈月は丈の短いワンピース姿のまま、四つん這いでテレビに向かっていた。ちょうど、浩平に尻を向ける格好だ。まだまだ丸みは物足りないが、少女特有の線の細い脚の形が目に眩しい。

「んー、コネクタがきついなぁ」

コードがうまく端子に差せないのか、腰を振りながら力をこめている。奈月が腰をくねらすたびに、ワンピースの奥の下着がちらちらとのぞいてしまう。

(こ、これも……いつものやつ、かな?)

ここ最近、奈月はこんなふうにして浩平の前で自分の身体を見せつけるような行為を繰りかえしていた。わざと上着の胸もとを開いたまま前屈みになったり、ミニスカートのまま浩平の前でしゃがんだり、あるいは必要以上に身体を密着させてくることもあった。

(誘ってる……のかな? でも……奈月ちゃんがそんなことするとは思えないし……)

奈月のイメージとはあまりにかけ離れた行為なので、浩平はなかなか納得することができないでいた。浩平の知る限り、奈月はそういった性的な行為から最も遠い位置にいる性格だと思っていたのだ。

けれど、ここまで露骨に、しかも何度もされると、さすがに浩平も考えを改めるようになってきた。

(奈月ちゃんだって、そろそろそういったことに興味が出てきてもおかしくない年齢

だよね。女の子のほうが精神的な成熟は早いみたいだし)

見た目の幼さに幻惑されてしまうが、奈月も立派な思春期なのだ。そう思ってみると、この目の前で左右に揺れているヒップも、充分に浩平の男を刺激するに足りる魅力を持っている。

「あぁん、もう……えいっ、えいっ」

浩平の視線を感じているのかいないのか、奈月は相変わらず腰を振りつづけている。ワンピースの裾は派手に翻《ひるがえ》り、純白のショーツが丸見えだった。

(な、奈月ちゃん……)

ゴクリと喉を鳴らし、口に溜まった唾を呑みこむ。焼きたてのケーキを持ったまま、浩平は奈月の尻から目を動かせなくなっていた。若い肉棒は早くも反応して、ズボンの布地を持ちあげている。

(落ち着け、相手は奈月ちゃんだぞ! 妹みたいな女の子に反応してどうするんだ、バカ!)

必死に理性を動員するが、

「あれぇ、これでも入らないのお? えい、えい!」

そんな浩平を嘲笑《あざわら》うかのように、奈月が尻を高く掲げてきた。両脚を大きく開き、尻を頂点とした三角形が浩平の網膜に飛びこんでくる。ワンピースは完全に捲れあがり、白いショーツの底がはっきりと見えてしまう。まるで、短距離競走のクラウチングスタートのようだ。

(ん?)

奈月の耳が真っ赤になっているのに気づいた。耳だけでなく、頬や首筋のあたりもかなり赤らんでいるし、うっすらと汗も浮かべている。

(興奮してる?……いや、恥ずかしがってるだけか?……)

つまりそれは、奈月が意識的に行動しているということだ。自らの意思で、明らかな意図を持って、浩平にしどけない姿を見せつけているのだ。

(でも、どうして? まさか、僕のことを本気で誘ってるの?……)

自分が奈月から慕われていることは感じていたが、それは妹が兄に対して抱く感情と同じようなものと思っていた。浩平自身も奈月を妹のような存在としてとらえていただけに、ここ最近の大胆な行動に戸惑いっぱなしだったのだ。

まだまだ子供と思っていた奈月の身体だが、改めて見てみると、浩平に劣情を抱かせるに充分な色気を秘めていた。これから開花を迎える直前のつぼみだけが持ち得る清楚さと、成熟を予感させる控えめな、それでいて男の本能を刺激せざるを得ないフエロモンの同居した若々しい肢体。

憧れの女性、真琴の成熟した肉体とはまるで正反対なのに、浩平はまるで磁石で引かれるように奈月の無防備な臀部から目が離せなくなっていた。ケーキを持ったまま、四つん這いの奈月に歩み寄っていく。

(奈月ちゃん……)

自分の後方に浩平が近づいているのは当然わかっているだろうに、奈月は一向に動こうとしない。ワンピースの裾も捲れたままで、真っ白な布に包まれた小さな尻も丸見えのままだった。

(あ……腋……)

だぶだぶのワンピースのせいで、腋のところがかなり甘くなっている。そのため、控えめな胸のふくらみがのぞけてしまうのに気づいた。四つん這いになっているため、余計にその部分が目立ってしまう。

(もうちょっと……もうちょっとで……)

小さなふくらみの頂点が、もう少しで浩平の位置から覗けそうになったその瞬間、

「お兄ちゃん、奈月のおっぱい、見たいですか?……」

「!!」

いきなり奈月が顔をこちらに向けたので、危うく持っていたケーキを落としそうになった。

「あのね、奈月ね、ずっとお兄ちゃんのこと好きだったの。だから奈月、恥ずかしかったけど……」

と、ゆっくり立ちあがり、ワンピースの裾を持ちあげる。小さな可愛いおへそ、真っ白いショーツに包まれた下腹部がすべて曝けだされる。

「奈月ちゃん……っ」

「真琴お姉ちゃんに言われたの。男の人って、こういうの、好きなんだって。それとも……奈月みたいな幼児体型じゃ、だめ？……」

「い、いや、あの、その……ええと……」

ケーキを持ったまま、固まってしまう浩平。見ちゃいけないと思いつつも、目はどうしても奈月の下半身から動かすことができない。真琴と比べては可哀相だが、それでも腰の緩やかなくびれや健康的な太腿は魅力的で、浩平は初めて奈月に『女』を感じていた。

「お兄ちゃん……お兄ちゃんになら、平気だよ……」

恥ずかしいのだろう、顔を真っ赤にしながらも、徐々に両脚を左右に開いていく。

ワンピースの裾を口に咥え、両手を背中で組む。

「いいよ、奈月のこと、好きにして……」

ぎゅ、ときつく目をつむり、心持ち腰を突きだすような姿勢をとる。

（こ、ここを触っていいってこと……かな？……）

焼きたての香ばしい匂いをたてるケーキをテーブルに置き、なにかに操られるように奈月の前に膝をつく。ちょうど浩平の目の前に奈月のショーツが位置した。

（ど、どうしよう……こんなことしてていいのか、僕？）

理性は体を制止しようとするのだが、それ以上に強い欲情が浩平を突き動かす。ショーツの底を人差し指で軽く撫でると、

「きゃふ！……んあぁ……んんん……っ」

ビクリと奈月の小さな身体が震えた。ワンピースを噛みしめながら、それでも脚を閉じようとはしない。

そんな奈月の態度に安心したのか、浩平の指がより大胆に動きはじめる。初めて感じる女性の柔らかさに、理性はすっかり吹っ飛んでいた。

（うわ、うわ、こ、こんなに柔らかいよ……まるでシフォンケーキみたいにふわふわしてる！……あっ、なんか……湿ってきてる！……）

「んふぅ……ふっ、んうううぅ……」

浩平は意識してそうしているわけではなかったが、指がちょうど奈月の敏感な突起に当たっていた。ショーツの布越しに、小さな、しかしコリコリとした感触が伝わってくる。

「ふううッ、んうううぅ!!」

尖ってきたクリトリスを転がされるたびに、奈月が可愛い声で喘ぐ。筋が浮かぶくらいに、肉づきの薄い白い太腿に力が入る。

「奈月ちゃんのここ、どんどん湿ってきたよ。ほら、自分でもわかるでしょ?」

「んんっ、んんー!」

奈月はワンピースの裾を咥えたまま、真っ赤に染まった顔を左右に振って否定する。その様子があまりに可愛くて、浩平はそのまま奈月を押し倒したい衝動に駆られた。

(こ、ここまできたんだから、もっと先に進んでもいい……よね?)

そう思う一方で、

(これ以上やったら後戻りできなくなる……)

わずかに生き残った理性が、最後の警告を発している。

「……お兄ちゃん? どうしたの?」

急に指をとめた浩平を、奈月が困ったような顔で見つめていた。

「ごめん、奈月ちゃん。僕、やっぱり……ごめん！」

「お兄ちゃん！」

いきなり部屋を飛びだした浩平の背に、しかし、奈月の声は届かなかった。

(ごめん……ごめんね、奈月ちゃん！……)

2 初めての体験

「どうしたの？　浩ちゃん。こんな遅くまで」

我れながらわざとらしいとは思いつつも、真琴はゆっくりと厨房へと歩を進めた。

「あ……真琴さん……」

ようやく真琴に気づいた浩平が、決まり悪そうに目を逸らす。

奈月から逃げだしたはいいものの、行く場所がなく、結局この厨房へと戻ってきた浩平だった。

「奈月と一緒にゲームするって言ってなかったっけ？」

知ってるくせに、わざとそんなことを言ってみたりする。浩平がどんな反応をするのかを見たかったのだ。ここに来る前に、奈月から事情は聞きだしてある。

「そ、それは……」

案の定、隠し事が下手な浩平は見ていておかしくなるくらい狼狽《ろうばい》する。容姿だけでなく、そんな素直な性格も可愛いと真琴は思っていた。

「どうしたの？　奈月とケンカでもしたのかしら？」

我れながら意地悪だと思いながらも、真琴はついついそんなことを口にしてしまう。

「……っ！」

浩平はビクリと両肩を震わせ、泣きそうな顔で真琴を見た。

（いいわぁ……美少年の泣き顔って、どうしてこんなにゾクゾクしちゃうのかしら！……美少女の泣き顔もゾクゾクしちゃうけど）

背中に妖しい疼きを感じる。子宮のあたりも軽く痺《しび》れはじめた。

「私でよければ、相談に乗ってあげるわよ。あなたたちよりは少しは人生経験も豊富よ？」

年上らしい頼もしさを演出しつつ、さりげなく浩平に接近する。成長期の浩平だが、女性としては長身の真琴よりも頭一つ背が低い。そのため、ちょうど浩平の視線の正面に真琴の豊かなバストが位置することになる。浩平が逃げだせないよう、両肩に手を置いておく。

（ふふ、見てる見てる……どう、私の自慢のおっぱいは？）

湯あがりに羽織ったパジャマの胸もとは大きく開いている。近くで見れば、ノーブラなのもすぐにわかるはずだ。

「あ、あの……真琴さん……」

予想通り、浩平は目のやり場に困った様子で、耳まで真っ赤にしている。それでもちらちらと胸に視線を送るのは、浩平が健康な男子である証拠だろう。

（私のこのおっぱいを間近にして平気でいたら、それこそ不健康よねっ）

つまりは、真琴はそれくらい自分のバストに自信を持っていた。女として未成熟な奈月の誘惑にすら屈しそうになったのだ。大人の自分の身体なら絶対に落とせると真琴は踏んでいた。

「なぁに？」

さらに一歩、浩平に近づく。もう目と鼻の先に、胸の悩ましい谷間があるはずだ。風呂あがりの女体から立ち昇るフェロモンと圧倒的な胸の迫力に、浩平はすでにパニック一歩手前だった。なんとか逃げようとするのだが、真琴の両手が浩平の肩に置かれていて、それも叶わない。

（ごめんね、奈月。お姉ちゃん、もう限界だわ）

ここに来るまでは奈月との仲を修復してあげるつもりだったが、こんな浩平を見てはもうだめだった。可愛い妹の初恋を実らせてあげたい気持ちよりも、今は真琴自身の妖しい欲望のほうが勝っていた。

（浩ちゃんの初めて、もらっちゃおうっと！……）

自分を慕ってくれる、年下の可愛い男の子の童貞を奪う。それは、長年真琴が密かに抱きつづけていた欲望だった。宿願と言ってもいい。この弟のような少年の初めての女になれると思うだけで、真琴の胸は高鳴った。

「ねえ、浩ちゃん」

「は、はひっ？」

緊張しているのだろう、浩平の声が裏返っている。

「浩ちゃん、好きな子って、いる？　浩ちゃんも高校生だものね、誰かを好きになった経験、あるよね？」

「それは……あります……けど」

浩平はもの言いたげな目で真琴を見あげた。浩平としては精いっぱいの意思表示だったのだが、真琴はまったく気づいていない。

灯台もと暗しとはよく言ったもので、他人の色恋沙汰に関しては人一倍敏感な真琴も、なぜか自分に寄せられる好意にはひどく鈍感なところがあった。そのため、真琴はいまだに浩平の想いに気づいていない。

「今は？　今は誰か好きな女の子、いる？　それとも、もう付き合ってる彼女がいるとか？」

だからこんな、浩平にとっては残酷な言葉も平気で言えるのだった。悪意がないだけ始末が悪い。

「彼女はいませんが、好きな人は……います……」

「その人って、私の知ってる人？」

「……たぶん、よく知ってる人、だと思います」

おそらく、浩平としては最大限の告白だったのだろう。高校生の男子としては幼い顔を真っ赤にしながら、真摯《しんし》な表情で真琴を見つめた。が、

（うわぁ、浩ちゃんの顔、真っ赤っかぁ！　可愛いよぉ、こんな真剣な顔されちゃったら、ホントにもう、食べちゃうからねー！）

真琴はまったく気づく気配がなかった。

（私のよく知ってる人ってことは……ああ、香月か奈月ってことね？　で、今、奈月

の誘惑を振りきったんだから……香月？）

逆に、浩平にとっては望ましくない方向へと間違った推測を進めていく。最初から浩平を男として、恋愛対象として見ていない証拠でもあった。そしてそんな真琴の思いは、敏感に浩平にも伝わった。

「うっ……ううっ……」

「こ、浩ちゃん、どうしたの、急に泣きだして⁉」

「だって……だって……」

浩平の涙の意味を、真琴は理解できない。わかるのは、

（泣いた浩ちゃんも……可愛いっ）

それだけだった。

「浩ちゃん！……」

気づいたら、真琴は浩平を抱きしめていた。自分の胸の間に押しこむようにして、浩平の頭部を抱き寄せる。

「んんっ……んんぅ⁉」

いきなりのことに驚いた浩平がくぐもった声をあげた。鼻と口が圧迫されて息苦しいのだろう。なんとか逃れようと頭を振って暴れている。

「ヤン、そんなに乱暴にしちゃだめよ、浩ちゃん。女の子のおっぱいは、もっと優しくタッチしなきゃね」

「？…………」

あっけにとられている浩平を乳房の圧迫から解放してやると、間髪を入れず、今度は手を胸もとへと引き寄せる。

「どう？　女の子の胸って柔らかいでしょ？」

「なっ……ま、真琴さん、なにを……っ!?」

真琴のいきなりの行動に、浩平が目を白黒させている。

「だって浩ちゃん、好きな子がいるんでしょ？　なら、いつかその人とエッチするときに困らないように、いろいろ教えてあげようかと思って」

「そ、そんな……うわっ」

ガタン！

大柄な真琴が、戸惑う浩平を床に押し倒した。そしてそのまま、浩平の唇を奪う。

「んっ……ぅうう……っ」

（やった、浩ちゃんのファーストキス、もーらった！）

ややかさついた唇の感触を楽しんでから、今度は舌を割りこませてみる。すでに抵抗する気はなくなったのか、浩平の唇は簡単に真琴の舌の侵入を許した。

(ほらほら、初めてのキス、それもディープキスよ? 大人の味を、しっかり味わいなさい!……)

堅く強張《こわば》った浩平の体を軽く撫でまわしながら、たっぷり唾をまぶした舌を大胆に蠢《うごめ》かす。最初は真琴にされるがままだった浩平も、徐々に自分から舌を動かしてきた。

(そうよ、浩ちゃん、なかなかうまいわよ)

年下の少年の舌技を受けとめながら、それ以上の技巧で口腔内を責めつづける。舌の表や裏を丹念に舐めまわし、歯と歯茎の境目を舌先で優しくなぞる。上顎の下を舐めたかと思うと、今度は頬の裏側を舐めまわす。粘膜同士が触れ合うたびに、ちゅくちゅくと淫靡《いんび》な水音がたつ。

「ん……んぁ……んぶっ……」

(ふふふ、気持ちイイでしょ? でも、初めてのキスがこんなにエッチだと、他の女の子とするときに困っちゃうかな?)

なんとか舌を動かしてキスに応じようとする浩平のいじらしさに内心微笑みつつ、真琴は次のステップへと進むことにした。

「今度は、浩ちゃんが私を気持ちよくする番よ」

床から浩平を起きあがらせると、厨房の隣りにある『プティ・スール』の客席へと手を引いて連れていく。これからすることを考えると、香月や奈月のいる自宅部分から離れたほうがいいという真琴の判断だった。別に見られても構わなかったが、途中で邪魔されるのは困る。

(それに、ここなら柔らかいソファもあるしね)

本当ならちゃんとベッドの上で浩平の童貞を食べたいところだったが、

(まあ、今回はイレギュラーなんだし、贅沢は言わないでおこう)

浩平が正気を取り戻す前に、さっさと筆おろしをすませたかった。

手近な客用ソファに座り、大きく股をひろげて浩平を誘う。パジャマの上着しか羽織っていないので、白い太腿やショーツが露わになる。

パジャマのボタンを左手ではずしながら、右手で浩平の頭を抱き寄せる。ちょうど浩平の鼻の先に、桃色の乳首があった。

「舐めて」

「ま、真琴さん……でも……」

「なに？　私なんかのおっぱい、舐めたくない？」

「そ、そんな！」

「なら、舐めて。私、乳首が感じるの」

「………」

普段の自分では絶対にしないような高飛車な口調。けれど、こうした命令口調で年下の少年を従わせることに、真琴は倒錯した快感を覚えていた。従順な美少年に淫らな奉仕をさせるのは、真琴の夢だったのだ。

「ほら」

興奮ですっかり硬くなった乳首を、無理やり浩平の唇に押しこむ。浩平は少しだけ躊躇《ちゅうちょ》して、そしてすぐ、自ら乳首を吸いはじめた。

「ああ、浩ちゃん、そんな強く吸ったら……あぁン！」

理性が飛んでしまったのか、浩平は積極的に乳首を責めてきた。戸惑う段階を過ぎてしまえば、長年憧れつづけてきた女性の身体を味わうことになんの逡巡《しゅんじゅん》もなかった。

「真琴さん……真琴さん！……」

真琴にのしかかるように、浩平が上体を預けてくる。乳首を口のなかで執拗に転がしながら、反対側の乳房を手でまさぐっていた。

「だめよ……あぁ、優しく……んあぁ、浩ちゃん……はあぁっ」

口では拒みつつ、浩平が愛撫しやすいように身体を横にずらしてやる。両脚で浩平の胴を挟み、さらに身体を密着させる。

浩平は一心不乱に、まるで赤子のように乳首を吸いつづけている。必死になって乳首をしゃぶってくる浩平が可愛くて、真琴はそれだけで、もう軽く達しそうだった。

(すごいわ……ああ、浩ちゃんがこんなに一生懸命吸ってくれるなんて……あぁ、これじゃ私のほうが先にイッちゃいそう!……)

奈月のときとは違い、簡単にはペースを握れない。

「ね、おっぱいだけでいいの? 女の身体、もっと知りたくない?」

「………」

「知りたくないの?」

「し……知りたい、ですっ」

「そう……なら、今度はこっちを舐めてちょうだい。女はね、ここが一番感じちゃうんだから」

まだ名残惜《なごり》しそうに乳房を見ていた浩平も、真琴がショーツに指をかけた瞬間、視線を下腹部に移した。

「女のアソコを見るの、初めて?」

「う、うん」

ゴクリ、と浩平が唾を呑む音が聞こえた。息をとめているのではないかと思うくらいに、浩平の顔が真っ赤になっている。

(ふふふ……初めて女のオマ×コを見たら、どんな反応するかしら？　結構グロテスクなものだから、驚くかしらね？)

最近はネットで簡単に女性器の画像が見られる時代だが、それでも生で見る迫力には到底及ぶまい。浩平のような思春期の、しかも経験のない少年ならなおさらショックは大きいだろう。

そんなことを思いながら、真琴はゆっくりと、焦らすようにショーツを脱いでいった。ストリップをしているような気分になって、胸が高まる。

逆三角形の布が、スローモーションのようにゆっくり丸まりながらずりさがった。縮れた陰毛が、徐々にその面積を増やしながら現われてきた。あまり処理をしていないのか、意外なほどに濃く、密集している。しかし、それが逆に少年にとっては劣情を煽る材料となっていた。憧れの女性の生々しい部分に、若い牡は敏感に反応してしまう。

(浩ちゃん、もうあんなに大きくしてる！　ああ、今にもズボンを突き破りそうじゃないの！……)

自分の身体で興奮させているのだと思うと、それだけで股間が湿ってくる。可愛らしい顔をした少年が今、真琴の股間の茂みで勃起しているのだ。

(欲しい……浩ちゃんのオチン×ン、早く味わいたいよお)

ズボンの上からでは、童貞肉棒の大きさも形も、もちろん匂いも味もわからない。浩平の股間の突っ張りを凝視しながら、真琴はあっさりとショーツを脱いでしまった。本当は焦らし抜くつもりだったが、真琴自身、これ以上我慢できなくなっていたのだ。

まだ体温が残っているショーツを床に丸めて捨てると、大胆に両脚を肘かけに乗せる。黒々とした恥毛の下に隠された、サーモンピンクの女陰が浩平の目前に曝けだされる。

「ま、真琴さんの……これが!……」

「ふふっ、遠慮しないでいいのよ。もっと近くで、しっかり見て……」

浩平が床に膝をついて、まじまじと秘所を見つめてくる。

(ああ、そんなに近寄ったら、アソコの……私のオマ×コのいやらしい匂いが嗅がれちゃうわ……臭いなんて言われたらどうしよう……)

しかし浩平は、鼻が陰唇に触れそうなくらいに顔を近づけてきた。初めて見る女性器の生々しさに、我れを忘れているようだった。ふんふんと鼻を鳴らし、風呂あがりの女臭を嗅いでくる。

「ダメっ！　浩ちゃん、そんなところの匂いなんて嗅いじゃだめぇ！」

「ああっ、これが真琴さんの匂い！……」

真琴の制止を無視して、浩平はさらに顔を寄せてくる。

（やだ、浩ちゃんたら、もしかして匂いフェチ？）

舐めるでも触るでもなく、ただ女の最も恥ずかしい匂いを嗅ぐだけの浩平に、少しだけ不安を覚える。別に個人の嗜好に文句を言うつもりはなかったが、やはり真琴としては他のことに興味を持ってほしかった。

「ねえ、匂いを嗅ぐだけでいいの？　女の子の恥ずかしいところ、もっと触ったりしてみたくないの？」

「………」

困ったような顔で見あげる浩平に、真琴の不安がさらにふくらむ。

（どうしよう、本当に匂いだけで満足しちゃってるのかしら）

そう思った瞬間、

「だって……真琴さん、見るだけって。触っていいって言われてないから、僕……」

「え？」

「勝手にそんなことしたら、真琴さん、怒るでしょ？　僕、真琴さんに嫌われたくないから……ああ、それとも、匂いを嗅ぐのもだめだったの？」

　真琴が怒ってると思ったのか、今度は怯《おび》えたような表情に変わる。どうやら、真琴の指示があるまでは手を出してはいけないと思っていたようだ。

（か、可愛いっ）

　そんなバカ正直な素直さも、真琴は気に入っている。自分や香月を猫のような性格とすると、浩平や奈月は犬のような性格と言えるだろう。無条件に自分を慕ってくれるこの少年を、真琴は心底愛《いと》おしいと思った。

「怒るわけないでしょ？　私、浩ちゃんのことが大好きなんだから」

「ほ、本当に？」

「私、浩ちゃんが相手だから、こんな恥ずかしいこともできちゃうの。ほら、もうここ……」

　指で肉ビラを左右にひろげ、愛蜜で濡れた膣口を見せつける。

「エッチなツユで濡れてるでしょ？　これはね、私が浩ちゃんを想ってる証拠なの」

「うわ、ぬ、濡れてる……真琴さんのここ、なんか透明な汁でねとねとしてるよ！」

「やだ、そんなこと言っちゃだめ……んはぁ……浩ちゃんに奥まで見られてると思うだけで、どんどん濡れてきちゃうのぉ」

膣口に指を突っこみ、なかに溜まっていた愛液をかき混ぜる。ぐちゅぐちゅという大きな音が、誰もいない店内に響いた。

(お店で私、浩ちゃんの目の前であそこをかきまわしてる……こんな大きな音をたてながら、いやらしいジュースを垂れ流してるのお)

「ほらぁ、こんなにいっぱい濡れてるよぉ」

愛液がべっとりとこびりついた指を、浩平の目の前に差しだす。自分でも驚くくらい、淫らで大胆に振る舞えた。

「あ……こ、浩ちゃん!?」

予想外のことが起きた。浩平が、秘蜜がたっぷり付着した真琴の指を、いきなり口に含んだのだ。あわてて引き抜こうとするが、それより先に浩平が真琴の手首をがっちり押さえてしまった。

「やっやめなさい……ああっ、浩ちゃん、そんなことしちゃダメッ」

自分の分泌物を目の前で舐められる恥辱に、思わずきつい声が出る。しかし、浩平は一向に舐めるのをやめようとしない。むしろ、より激しく舌を動かし、音をたてて愛液を舐め取ろうとする。

「こ、この子ったら……ああ、美味《おい》しい？　私のマン汁、そんなに美味しいの？」

「うん、美味しいよ！　真琴さんの汁、すっごく美味しい！　ああ、もっと……もっといっぱい舐めたいよ！」

「そう……なら、今度は直接舐めなさい。私のオマ×コから、好きなだけジュースを呑みなさいッ」

真琴が叫ぶと同時に、大きく開いたままの股間に浩平の唇が押し当てられた。ぷっくりと充血した二枚の肉貝の合わせ目に、熱い舌が力強く侵入してくる。

「うあッ、そこ、そこぉ！」

初めてのクンニリングスは決してスマートではなかったが、浩平の思いが伝わってくるような、実直でまっすぐな舌使いだった。

「んああ、イイ、浩ちゃんの舌、温かくて気持ちイイ！　もっとよ、もっと奥まで舌をねじこんで！　ふおっ、ふほおぉ！」

獣のような声をあげながら、自ら腰を浮かし、より深い快感を得ようとする。

浩平の舌が動くたびに、子宮からつま先にかけて鋭い電流が走る。通常の何倍の体積にふくれた乳首がパジャマに擦れて、甘い痺《しび》れが汗ばんだ身体を震わせる。

「浩ちゃん……ああ、私の可愛い浩ちゃん！」

両手で浩平の頭をつかみ、力いっぱい股座に引きこむ。内転筋がひきつりそうになるほどに力を入れた太腿で顔を挟む。

「んぶっ……んん、んううぅ！」

「ダメ、もっと、もっと舐めて！　私のスケベオマ×コ、壊れるまで苛めてぇ!!」

ぐちゅり。鈍い水音とともに、浩平の鼻と口が肉の弁に埋もれていく。大量のラブジュースが、次々と気管に流れこむ。

「んんー、んっ、んんんぅ!?」

息苦しさから逃れようと暴れるが、両手両脚で押さえこまれていては、男の力でも振りほどけない。しかも、体格は真琴のほうが優っているのだ。

脱出できないとわかった浩平が戦法を変えてきた。

なにも見えない状態で、とにかく舌を動かし、唇をあちこちに這わせはじめた。

そして、秘肉の少し上の部分に、コリコリとした突起があるのに気づいた。

息苦しさの限界にきていた浩平は、迷わずその硬いグミを嚙みしめた。

「ひっ!?……ひあっ……ひゃぐっ……うあぁ、そこは……ンアア、そこ、そこは嚙んじゃダメぇ……ヒイィ!!」

肉芽への強烈な刺激に、真琴がたまげたような悲鳴をあげた。

尿道口や膣口から噴きだした透明な汁が、浩平の下顎に飛び散っていく。

「ぷはあッ」

顔の下半分を淫液まみれにした浩平が、やっとのことで脱出に成功した。口のまわりの汚れを拭うことも忘れ、新鮮な空気を胸いっぱいに吸いこむ。

「はあ、はあ、はあ……。あれ、真琴、さん？……」

見ると、真琴はソファにぐったりと背を預け、だらしなく脚を開いたまま脱力していた。股間から溢れでた大量の愛液が、ソファに大きな水溜まりを作っている。

女性経験などまったくないうえに、同年代の男子に比べても奥手でそういった知識に乏しい浩平には、そんな真琴の様子が理解できない。達した女性がどんな反応をするのかがわからないのだ。

「真琴さん、真琴さん！　ああ、どうしよう、僕が……僕があんなことをしたから」

（……浩ちゃん……なに、騒いでるのかしら？）

クリトリスへの予想外の攻撃で思わずイッてしまった真琴の耳に、今にも泣きだしそうな浩平の声が飛びこんできた。

「ど、どうしよう……そうだ、救急車……いや、その前に、香月と奈月ちゃんを呼んで……」

（ちょ、ちょっと！）

こんな格好を見られたら、なにをしていたのかすぐにバレてしまう。

「浩ちゃん、待って！」

絶頂の甘い余韻を強引に振り払い、あわてて浩平を呼びとめた。

「大丈夫よ。浩ちゃんがあんまり上手だったから、私、イッちゃっただけなの」

「え……」

「イクってことは、わかるでしょ？　男の子も、気持ちイイとイクもんね？」

気怠《けだる》い口調でそう言って、妖艶に微笑む。浩平の手を取って、もう一度ソファに導く。

「今度は、浩ちゃんのこれでイカせてちょうだい」

「あ……っ！」

素早くベルトに手をかけ、ズボンを脱がす。

「あら、なにか引っかかってるわね。ふふふ」

「うう……」

恥ずかしさに赤面する浩平の様子を楽しみつつ、手早くズボンとパンツをおろす。

（へえ、立派じゃないの……）

若い肉茎は鋭角に反りかえり、先端を透明な先走りで光らせている。皮はかぶっておらず、亀頭の大きさや胴部分の太さ、長さも年齢を感じさせないボリュームを誇っていた。成人男性の平均は軽く上まわっている。

「浩ちゃんったら、いつの間にこんなに成長していたのかしら」

右手で亀頭を撫でまわしながら、左手で浩平の顎を自分に向かせる。

「顔はこんなに可愛いのにね……ん」

軽く唇を重ねる。浩平の唇が湿っていたのは、真琴自身の体液のせいだろう。そのまま舌を絡ませながら、脚をM字型にひろげる。

「さ、ここに……」

膝裏から手をまわし、熱くとろけた蜜壺を左右から引っ張る。二枚の肉襞の間に、白い粘液が何本も糸を引いていた。

「ここに、ちょうだい。浩ちゃんのその硬い棒を、お姉さんのここにぶちこむのよ」

膣口が見やすいよう、尻をあげる。

「で、でも……」

「ここまできて逃げるの？　あのね浩ちゃん、女に恥をかかせる気？　それとも……

私みたいな女とエッチするの、そんなにいやなのかしら?」

「そうじゃないよ!」

「なら、挿《い》れなさい。私の奥まで、浩ちゃんでいっぱいにしてほしいのッ」

「…………」

普段の真琴からは想像もつかないあられもない言葉に、ようやく浩平も吹っきれたようだ。先走り液を溢れさせた若怒張を、恐るおそる真琴の秘部に近づけていく。が、

「あ、あのっ……」

どこに挿れたらいいか、わからない。困ったような顔で真琴を見る。そんな浩平の、泣きそうな顔が真琴は大好きだった。

「うふふ、ここよ。このビラビラの奥にある穴に挿れるの」

小陰唇を限界までひろげ、赤褐色の女陰を曝けだす。指で膣口を示し、結合をうながす。

雄々しく屹立したペニスが、やや遠慮がちに膣穴にあてがわれた。粘膜と粘膜の触れ合う独特の粘着質な音が聞こえる。

「真琴さん……真琴さん……うあッ!」

先ほどのクンニリングスでほぐれたのだろう、真琴の肉壺はいとも簡単に浩平を受

け入れた。まるで肉襞の一枚一枚が別の生き物のように、複雑にうねりながらペニスを奥へと引きこもうとする。

「はあン、きてる、奥に入ってきてるぅ！」

自分の指やディルドゥ以外の、生の挿入は実に久しぶりだった。肉棒でしか得られない、強烈な一体感。それに加え、長年の夢だった浩平の筆おろしをしているという満足感が真琴を簡単に上昇させる。

（まだよ、まだイッちゃダメ！　もっとたくさん浩ちゃんのオチン×ンを味わってからイクの！）

必死に奥歯を噛みしめ、下腹部からの甘い官能を堪える。まだストロークもはじまってないのに、童貞にイカされるのは年上のプライドが許さなかった。

「すっ、すごいよ、真琴さんのなかに、どんどん入っていく！　ああ、熱くてぬるぬるしてて、気持ちイイよお！」

根元まで挿入したところで、浩平の動きがとまった。目をつむり、苦しそうに息を吐いている。あまりの快感に、動くと暴発しそうなのだ。

（ああ、そんなに感じてくれてるのね……必死に我慢する顔も可愛いわよ、浩ちゃん）

浩平の切羽つまった様子を見て、真琴のなかに少し余裕が戻ってきた。

「ふふっ、浩ちゃん、もうイキそうなんだ？　そんなにお姉ちゃんのなか、気持ちイイ？」

「うん……ああ、だめだよ、腰を動かさないでっ……ううっ出ちゃう……真琴さんのなかに、もう出ちゃうぅ！」

「ダメ、まだ射精しないで！　もっといっぱい気持ちよくなってから、なかに出しなさい！」

せっかくのセックスなのだ、これで終わってはもったいない。

真琴は自らも腰を上下に振りたて、若い勃起を貪った。パジャマをはだけ、汗ばんだ乳房を浩平に揉ませながら、貪欲に快楽を追い求める。

「イイでしょ、オマ×コ、イイでしょお!?」

「溶けちゃうよ、僕のオチン×ン、真琴さんにドロドロにされちゃうよお！」

あまりの快感に、浩平は女の子のような悲鳴をあげつづけている。何度も射精しそうになるのだが、それを察知した真琴が直前で腰をとめてしまうのだ。蛇の生殺しに、浩平は今にも泣きそうな顔をしている。目で必死に訴えかけてくるのだが、そういった表情や仕草が真琴を歓ばせてしまうことに気づこうはずもなかった。

我慢に我慢を重ねた亀頭は、今にも暴発しそうなほどに膨張している。限界まで張りだしたエラが、膣壁の粘膜を削り取らんばかりに激しく擦れる。

「んんっ、んひぃ、ひぃぃ！　イイ、出っ張りが、出っ張りがあそこのなかをごりごりってしてるのぉ！　んいいいぃッ」

「うああ、締めつけてくるよ、真琴さんが僕のを、すごい力で握ってきてるよお！」

膣襞が肉棒を包みこむように、強烈に締めつける。愛液なしでは動かせないほどの、強力な力だった。

「ひあぁ、イク、私、またイッちゃいそうよ……はあぁ、浩ちゃんのオチン×ンで、お姉ちゃん、イッちゃうんだからぁ！……はあっ、はあぅン！」

浩平は少しも腰を振ってはいない。ちょっとでも動かせば、もう確実に射精するのは確実だったからだ。だが今は、真琴のほうが腰をくねらせ、下腹部をぶつけてきている。結合部から白く濁った淫汁が飛び散り、じゃりじゃりと二人の陰毛が絡み合う。

「イクわ、イクわよ！　私、本当に浩ちゃんにイカされるんだからねっ！……ひゃう……はあぁ……ひゃぐううううぅ!!」

深々と屹立を咥えこんだまま、真琴の上体が弓のようにのけ反った。同時に、最大級の締めつけが若いペニスから精液を搾り取る。

「うああ、あひっ、出る……出ちゃってふ……ぅ……ッ」

「ヒイイ！　出てる、浩ちゃんの精子、どんどんきてるよおおぉ……はひィ！」

二度三度と、真琴の身体が跳ねるように痙攣する。両脚が無意識のうちに、浩平の腰に巻きついていた。

「イクイク、真琴、つづけてイクのぉ……はあぁ、ザーメンで……ザーメンなか出しでイクゥ!!」

グン！

背骨の軋《きし》む音が聞こえるほどに背をのけ反らせて、真琴はエクスタシーの波に呑みこまれていった。

3 真夜中の洋菓子店

「ごめんね、奈月」

あれからもう一度浩平と交わった真琴は、奈月の部屋を訪れ、事情を説明した。もちろん、浩平とセックスしたことは伏せてある。

「浩ちゃんね、好きな人はいるみたいなんだけど、それが誰かは教えてくれなかったの」

これは嘘だった。

二度目の性交がすんだ後、もう一度そのことを質《ただ》すと、

「僕が好きなのは……真琴さんです。ずっと前から……小学生の頃からずっと好きでした」

顔を真っ赤にしながらも、それでもまっすぐに真琴の目を見ながら、そう告白したのだった。

(でも、まさか浩ちゃんの初恋の相手が私だったとは……)

確かに、ときおり自分に対して好意以上の感情を抱いているのかも、と思うことはあった。しかしそれは、思春期の少年が身近な年上の女性に抱きがちな、時とともに消えていく感情だと思っていたのだ。いや、告白された今でも、真琴はそう考えていた。

(まあ、好きって言われると、やっぱりちょっと嬉しいけど)

本当はちょっとどころではなく、告白された瞬間は、思わず飛びあがってしまうくらいに嬉しかったのだが、年上のプライドがそれを押しとどめていた。

(男の子に告白されたのなんて、いつ以来だろ……)

真琴には、これまでにも何回か恋愛経験もある。つらい失恋もしたし、自分から男

を（ときには女も）振ったことだってある。けれど、店をはじめてからはそんな余裕はなくなっていった。

お店を開くのは子供の頃からの夢だったので、そのこと自体はまったく苦ではない。単身フランスに渡ってのパティシエ修業も、幸運なことによい師匠に巡り合え、それほどつらい思いはしなかった。

義理の父親から土地と店舗も借りられ、帰国してすぐに自分の店も開くことができた。経営は期待以上に順調だったし、客層もいい。二人の可愛い義妹のウエイトレス姿を見られるだけでも幸せだったし、パティシエ見習いの浩平も予想外の戦力になってくれた。見習いを卒業するのも、そう遠くないことだろう。今や、二人の看板娘と美少年パティシエ（見習い）は洋菓子店『プティ・スール』に欠かせない存在になっていた。

けれど、やはり心のどこかでは寂しいと思う気持ちがあったのだろう。浩平の真剣な告白は、真琴の満たされなかった部分に心地よい潤いを与えてくれた。

「そうなんだ……お兄ちゃん、やっぱり好きな人がいるんだ……」

「でも、もしかしたら、奈月のことが好きなのかもしれないわよ？」

我れながら白々《しらじら》しいとは思うが、姉としてはこう言わざるを得ない。浩平も可愛いが、奈月も同じように可愛い妹なのだ。

「やっぱり……奈月みたいな身体、お兄ちゃんも興味ないのかな……胸もぺったんこだし……」

(その小さなふくらみこそが可愛いんじゃないの!)

真琴はそう思ったが、もちろん口には出さない。

「まだ諦めちゃだめよ。これは私の勘だけどね、浩ちゃん、本当に好きな人はいないって思うの」

「え?……どういうことですか、お姉ちゃん」

「もし浩ちゃんが奈月のことを好きだったとして、姉である私にそれを教えてくれるかしら? あの子の性格からして、きっと言わないと思うのよね」

浩平の告白は嬉しかったが、それを完全に信じられるほど、真琴も子供ではなかった。自分を好きだと言ってくれたのは嬉しいし、浩平が嘘を言ったとも思っていない。

しかし、

(浩ちゃん自身が気づいてないって可能性もあるのよね)

好きという感情と、憧れという感情を勘違いしている可能性は充分に残っていた。

浩平を愛おしいと思う感情に変わりはないが、やはりそれは恋愛感情とは明らかに違うものだ。

　そしてもう一つ、真琴には気になっている点があった。

「どうして私なんかを好きになったの？　なにがきっかけ？」

　この質問に対する浩平の答えが、そのもやもやの原因だった。

（もしかして浩ちゃん……）

　すでに真琴は、ある仮説を導きだしていた。この考えが正しければ、やはり浩平の告白を受け入れるわけにはいかなくなる。

「どうしたの、急に黙ったりして？」

　気づくと、すぐ目の前に奈月の顔があった。いきなり静かになったから、不思議に思ったのだろう。

「ああ、ごめんね。……ね、確かめてみない？」

「確かめるって……なにを？」

「だから、浩ちゃんの本当の気持ち。私にいい考えがあるの」

　真琴は片目を閉じて、悪戯っぽく笑った。

　次の日の『プティ・スール』閉店後、真琴に残るよう指示された浩平は、制服姿のままで困惑の表情を浮かべていた。

「なんで制服のままなんですか?」

「気にしないで。単に私の趣味だから。私も制服のままだから、いいでしょ?」

閉店後の店内はすでに後片づけと清掃も終わり、店はしんと静まりかえっていた。

香月と奈月は。とっくに自宅に戻っているはずだ。

浩平と真琴の二人は店の制服のまま、並んで客席のソファに座っている。これからなにがはじまるのか察した浩平は、どうにも落ち着きがなく、もぞもぞと体を動かしていた。

「それに、その生クリームは? 確かそれ、砂糖を入れすぎて失敗したって言ってませんでした?」

テーブルの上に置かれているボウルのなかには、真っ白な生クリームがたっぷりと入っていた。いつもは浩平がすべて作っているのだが、今日に限りなぜか真琴が自分で作ると言いだし、しかも思いきり味つけに失敗したものだった。

「ちょっと試したいプレイがあるのよ」

どうやら、最初から店で使う気はなかったらしい。

「ねえ浩ちゃん、私のお願い、聞いてくれる?」

浩平の腕をつかみ、自慢の胸をぎゅっと押しつける。

「もしお願いを叶えてくれたら、昨日よりもっと気持ちイイこと、してあげるんだけどなー」

ふ……と耳に息を吹きかけながら、さらに身体を密着させていく。

「ね、いいでしょ？……」

まだ昨日の余韻が色濃く残っている状態で、憧れの女性にこんな声で囁かれて拒《こば》める少年がいるだろうか？

浩平は何度もコクコクとうなずき、次の指示を待った。期待と興奮で、すでに股間は限界近くまで硬くなっている。

「ありがと。浩ちゃんならきっとOKしてくれると思っていたわ。じゃ、まず、私の制服を脱がせてちょうだい」

「は、はひっ」

期待していた通りの展開に、浩平の声が上擦《うわず》る。ごくりと生唾を呑みこんでから、真琴の制服に手をかける。

「ま、真琴さんっ」

「アン、ダメよ。まだ我慢して、ね?」

若い欲望を剝きだしにする浩平を大人の余裕で制止しながら、脇に置いておいた生クリーム入りのボウルを手にする。

「今日はね、女体盛りの洋菓子バージョンよ」

「え?……」

生クリームを手に取り、浩平の口もとに差しだす。

「さ、舐めて。生クリームを全部、舐め取るの」

「!」

ようやく今日の趣向に気づいた浩平が、戸惑いながらも、しかし興奮を抑えきれない顔で真琴の指に舌を這わせてきた。

最初は舐めるだけだったが、次第に指を口に含んだり、指と指の間に舌を這わせたりと大胆になっていく。真琴の手のクリームはあっという間になくなってしまう。

「ふふ、どう、ちょっと甘すぎるでしょ、そのクリーム」

「だ、大丈夫ですっ。もっと……もっといっぱい舐めたいです!」

「浩ちゃんったら、いつの間にそんな甘党になっちゃったの?……いいわ、次はここのクリームを舐めてね」

再び生クリームを手に取ると、今度は巨大な半球になった乳房にねとねとと塗りたくりはじめた。これだけの巨乳となると表面積もすさまじく、ボウルにあった生クリームが見るみるうちに減っていった。

「さあ、召しあがれ……あン、先っちょは後よ！　まわりからゆっくり中心に向かって舐めなさい！」

「あ……は、はい」

いきなり乳首から舐め取ろうとした浩平が、ちょっと決まり悪そうに目を伏せた。しかしすぐに気を取り直し、指示された通り、乳房の裾から舌を這わせていく。

「ふうぅ……ああ……ああ、いいわ、浩ちゃんのベロ、温かくて気持ちイイ……」

自分の命令に忠実に従う浩平を、真琴がうっとりと見おろしている。

まるで風船のようにふくらんだ乳房を、浩平の舌が指示通りに裾のほうから丁寧に舐めあがってくる。テクニックと呼べるようなものはなにもなくとも、その想いはしっかり伝わってきた。

乳房を這いまわる刺激が、最も敏感な頂点に向けてじわじわと収束してくる。乳首だけでなく、乳輪までもが期待にその体積を増しつつある。

（早く、早くここまできて！　浩ちゃんの舌で、私のいやらしい乳首、いっぱい吸ってぇ！）

ようやく浩平の舌が乳輪の近くまで来たかと思ったが、今度はもう一方の乳房に行ってしまった。浩平は言われた通りに実行しているだけなのだが、その実直さが今の真琴には恨めしかった。

（いいのに……ああ、もうさっさと乳首をちゅうちゅうしてもいいのにっ。浩ちゃんのバカッ）

自分勝手な文句を胸の内で連呼しながら、ひたすら肢体を震わせてペッティングに耐える。

女陰は見なくてもわかるくらいに湿り、ショーツがべとべとして気持ち悪かった。どれだけ蜜が溢れて下着を汚しているのか、見るのが怖い。

「んはぁ……んあぁ……はあ、あはン」

いよいよ、浩平の舌が半球の頂点にやってきた。待ちに待った甘美な刺激が真琴の全身を震わせた。

「あはっ！　んうぅむ……ンンン……っ」

反射的に浩平の頭を抱えこみながら、白い顎をのけ反らせてうめく。

（ああ、吸ってる、浩ちゃん、私の乳首を吸ってるぅ！）

そんな経験はなかったが、きっと赤ん坊が母乳を吸うならこんな感じだろうと思う。浩平は一心不乱に、その尖りきった突起を吸いあげ、舐めまわしている。強弱もなにもない、ただ本能に従うだけの愛撫が、むしろ強烈に真琴の官能を突きあげる。

「か、噛んでもいいのよ？　軽く……あうッ……そ、そう、もうちょっと強く噛んでも大丈夫……ンアア！　はおッ、ほおおぅ！」

指示された通りに、乳首が前歯で甘噛みされる。敏感になった乳首を噛まれるのは、予想していたよりも大きな快感を真琴に与えてくれた。

ビクビクと半裸の身体を震わせて、少年の愛撫を受けとめる。少しでも油断すると、このまま押し倒して交わりたい衝動に駆られてしまう。

（ダメよ、まだダメ。今日はまだまだしなくちゃいけないことが残ってるんだから！）

チラリと店のカウンターに目をやる。今日のメインディッシュは、静かにその瞬間を待っているのだ。

「い、いいわ、胸はこれくらいにしておきましょう」

先端に甘い疼きを残しながら、なんとか次のステップへ進む。

「最後は、当然ここよ。浩ちゃんを昨日大人にしてあげた、私の一番いやらしいところ……」

テーブルの上で大きく開脚し、シースルーのショーツを見せつける。ただでさえスケスケの下着に加え、乳房への愛撫で濡れそぼった秘部は、ほぼ完全にその形状を浮かびあがらせていた。

「見えるでしょ、私のオマ×コ。ぱっくりお口を開いて、奥からいやらしいジュースを漏らしているの、もう丸見えね」

「ああ……す、すごいよ……真琴さんのが、全部透けて見えてる!……」

「さあ、見てるだけじゃダメよ。ちゃんとパンティも脱がせてちょうだい」

自ら腰を浮かかせ、浩平が脱がしやすいようにしてやる。腰ゴムに指がかけられ、するするとショーツが丸まりながら落ちていく。

「うわあ、真琴さんのアソコとパンティの間、いっぱい糸引いてる!」

「バ、バカね、そんなことは言わないの。もう、デリカシーのない男の子はダメよ!」

照れ隠しに、年上ぶった口調で叱責する。

(でも、確かにすごい濡れようね……。もともと濡れやすい体質だったけど、こんなになったの、初めてだわ)

まるで納豆の糸のように、秘唇とショーツの底の間がねっとりと繋がっている。長めの陰毛が何本も大陰唇に張りついていた。

（いやらしいわ……ああ、私のあそこって、なんていやらしいのかしら）

改めて見ると、女性器というのは複雑怪奇な形状で、どこかグロテスクな印象がある。

（せめて、奈月みたいに可愛いオマ×コだったらいいのに）

使いこんでいるわけではないが、やはり処女の花弁と比べると色も形も綺麗ではない。しかし、いい具合に崩れたその形状こそが、少年にとってはたまらなく淫靡《いんび》で魅力的なものとなっているのだ。

事実、浩平はもう、真琴の陰部から目を離せなくなっていた。今にも唇を押し当てて、音をたてて愛蜜を啜りそうな顔をしている。

（舐めたいのね？　私のこのスケベなワレメを、いっぱいしゃぶりたいのね？）

このままクンニさせたいところだが、それは後まわしだ。

「ここが最後よ。しっかり味わってね」

ボウルに残っていた生クリームを、すべて女陰に塗りこめる。多少余ったので、恥毛の生い茂る肉土手にもたっぷりと塗っておいた。

真琴がゴーサインを出すと、浩平はまるでおあずけを食らっていた犬のように股間にむしゃぶりついてきた。

「あン、こら！　そんなに乱暴にしちゃ……きゃん！　やあ、やだっ、そんな……ああ、恥ずかしいわ……っ」

余ったクリームが塗られた陰毛を、浩平はまとめて口のなかに含んできた。舌と唾液で、縮れた毛にこびりついたクリームを執拗に舐め取ろうとする。

（舐められてるっ……私のアンダーヘア、浩ちゃんにしゃぶられてる……ッ!?）

秘毛を舐められた経験はあるが、ここまで露骨にされたのは初めてだった。昨日まで童貞だった少年にここまでされていると思うと、真琴は妖しい興奮を抑えることができない。弟のように思っている少年が、自分の陰毛まで舐めてくれている……それは、まさに至高の喜びだった。

肉土手のクリームをすべて舐め終えた浩平は、いよいよ最後の地点へと口を移してきた。いきなり亀裂を舐めるようなことはせず、周囲からじわじわと中心部に舌を進めてくる。ちょうど、乳房を舐めているときと同じだった。

陰唇のすぐ外側の、やや色のくすんだ部分を舐め取り終わる。

（来るわ……浩ちゃんの舌が、いよいよオマ×コに来るぅ！）

強烈な刺激に備え、真琴が四肢に力をこめて身構える。

「うひィ！……ヒッ……ヒイィ！」

しかし、花弁を襲った快感は想像以上だった。焦らしに焦らされた女体は、いつも以上の快楽を脳神経へと送っていく。とろとろと白濁した愛液が溢れだし、女陰の下に潜むもう一つの蕾を濡らした。

「うああッ、アアーッ！　イッちゃう、イク、そこ、イッちゃうのぉ!!」

ぷっくりふくれた大陰唇も、その奥から少しだけはみだしている小陰唇も、隅々まで浩平の舌が這いまわる。すべてのクリームを舐め終わってもなお、舌の動きはとまらない。

「ふあっ、はぐぅ！　や、やめて……んおおっ、お、お豆、お豆はダメぇ!!　イギィッ！」

食いしばった歯の隙間から、金切り声のような悲鳴がもれる。

柔らかい皮を完全に剝かれ、その下に潜んでいた肉真珠が唇に挟まれる。上唇と下唇にやわやわと擦られながら、たっぷり唾を含んだ舌先で突きまわされた。

（すご、すごすぎるぅ……浩ちゃんったら、なんてことしてくるのよぉ！）

口唇愛撫のテクニックなどなにも教えていないのに、浩平は的確に真琴の感じるところを責めてくる。年上のアドバンテージなどとっくに吹き飛び、今はただ、怒濤《どとう》のように押し寄せる快楽の波を耐えるだけで精いっぱいだった。

「ここ、感じるの？　ねえ、真琴さん、ここ、イイの？」

指示がなくなったので不安になったのか、浩平が捨てられた子犬のような目で真琴を見る。

「い、いいわ、浩ちゃんの舌、最高に感じちゃうの。そ、そのまま……ああン、そのままつづけてちょうだい……んあぁッ」

その言葉を聞いた浩平は、嬉々としてクンニリングスを再開した。真琴が感じていることに安心したのだろう、今度は重点的に敏感な肉芽を狙ってきた。

「イイ、クリちゃんイイ！　ほおっ、ほおおぉっ！」

整った顔立ちを歪ませ、生臭い咆哮《ほうこう》を店内に響き渡らせる。尿道口からは少量の潮が断続的に噴きだし、アクメが近づいていることを感じさせる。

そんな真琴を見て、浩平がラストスパートをかけてきた。

舌先を尖らせ、ひたすらにクリトリスを転がしつづける。

「あう、うう、んうぅーっ！　イク、ダメ、ホントにイクゥ！」

泡立った愛液を大量に垂れ流しながら、ついに真琴が最後の瞬間を迎えた。

「はあン、はっ、はあああッ！　イッ……イグぅ……っ!!」

唇から涎れを垂らし、だらしなく四肢を弛緩させたまま、汗と唾液、愛液で濡れ光る裸体が数回痙攣する。

「はあ、はあ、はあ……はああっ……」

何度か深呼吸してから、気怠《けだる》げに真琴が上体を起こした。さすがに恥ずかしいのか、目もとを淡く染めながら、照れ臭そうに笑う。

「ふふ……浩ちゃんにイカされちゃったわね」

「あ……その……ごめんなさい」

「ん？　どうして謝るの？　私は誉めてるのよ。自信を持ちなさい」

ガーターベルトとストッキングだけの半裸のまま、テーブルから降りる。ハイヒールを鳴らしながら、誰もいないはずのカウンターへと向かう。

「真琴さん？……ええっ!?」訝《いぶか》しげだった浩平の表情が一変する。「どうして……いつからそこに!?」

真琴がカウンター裏から連れてきたのは、

「な……奈月ちゃん……」

口に猿轡《さるぐつわ》をされた奈月だった。

4 お兄ちゃん、抱いて

「どう、可愛いでしょ？　いつもよりスカートも短めにさせたんだけど」

店の掃除も終わり、香月と一緒に自宅のほうへ戻ったはずの奈月は、しかし、ウエイトレスの制服姿で真琴の隣りに立っていた。

真琴が言うように、店で仕事をしているときよりも心持ちスカートが短い。

猿轡こそされているものの、手足を拘束されているようには見えない。

「今日はね、これから浩ちゃんにお客さんの気分を味わってもらおうと思って」

「は？　お客？」

「さ、奈月」

訝しむ浩平をよそに、真琴が奈月の背を押す。

「あっと、その前に猿轡、はずさないとね。ごめんね、苦しい思いさせちゃって」

「ぷはっ！……ううん、いいの。これがなかったら、きっと声、出しちゃってただろうから」

「ど……どういうことなの？　真琴さん、奈月ちゃん？」

「言ったでしょ、たまにはお客さんの気持ちを知ってもらうって」

胸や秘部を曝けだしたままの真琴が、浩平を無理やりソファに座らせる。

「奈月」

「は、はい……」

緊張した面持ちで、奈月がゆっくり近づいてきた。両手に持ったトレイには、冷水の入ったコップが乗せられていた。

「お、お待たせしました」

年齢よりもさらに幼く見える顔を紅潮させながら、いつもやっているようにコップをテーブルに置く。が、

「あっ!……す、すいません、失礼しました!」

コップは横に倒れ、なかの水が派手に浩平のズボンにぶちまけられた。

「ああ、申しわけありません。あ、あの……クリーニングしますので、その……」

浩平の横に両膝をつき、濡れたズボンを脱がそうとする。

「うわぁ!? い、いいよ、これくらい大丈夫だから!」

あわてて立ちあがろうとする浩平の肩を、真琴が押さえつけた。

「ダーメ。これは奈月ちゃんが悪いんだから、ちゃんと責任取らせないとね。お店の責任者として、こういうことはしっかり教育するわよ」

「な、なにが教育ですか！……ああ、奈月ちゃん、ちょっと！」

「ごめんなさい、お兄ちゃ……いいえ、お客様。このままではお風邪を召してしまいますですぅ」

顔を真っ赤にしながらも、それでも必死にズボンを脱がせようとしてくる。

「なぁに、浩ちゃん。ズボンを脱ぐと、なにか都合の悪いことでもあるのかしら？」

「つ、都合がいいとか悪いとかの話じゃないでしょ！　な、奈月ちゃん、そんなに引っ張らないでっ……ああ！」

いくら男の力でも、背後から真琴に押さえこまれてはいつまでも抵抗しきれなかった。相手が奈月では、本気で振り払うこともできない。

「きゃっ」

「あら、すっかり大きくなっちゃってるわね、浩ちゃんのオチン×ン」

先ほどの真琴とのプレイの興奮で、肉棒は勃起したままだった。若いだけあって、一度勃《た》ったらなかなか収まらないのだ。

「お兄……お客様のここ、こんなに腫れちゃってますぅ」

「な、奈月ちゃん、だめだって！　さ、触らないでっ……うああ！」

（奈月ったら、なかなか大胆ね。打ち合わせのときはあんなに恥ずかしがっていたクセに。それとも、私と浩ちゃんのプレイを見て、触発されちゃったのかしら？）

今夜のことはあらかじめ決めておいたシナリオ通りに進んでいる。いざとなって奈月が怖じ気づかないかだけが心配だったが、

（この分だと、ちゃんと最後までいけそうね）

トランクスの上から浩平の屹立をさすっている奈月を見て、安心した。

「お、お客様のここをこんなにしてしまったのは、ウエイトレスである私の責任ですから、その……あの……処理させて……いただきます」

「えぇ！　ちょっと奈月ちゃん、そんな……うわっ！」

ズボンにつづき、今度はトランクスまでおろされてしまう。

「お、大きい……」

先端から先走り汁を溢れさせた男根が勢いよく飛びだす。

「これが、男の人の……っ」

「そうよ、奈月。これが男のペニス。この大きくて硬いモノが、女を気持ちよくさせてくれるのよ」

最初はびっくりしていた奈月だが、恐怖心よりも好奇心が勝ったのだろう、肉棒にそっと触れてきた。

「うぅっ！」

ひんやりした手の感触に、浩平がびくりと震えた。

「あぁ、か、硬くて……硬くて熱いですぅ。お兄ちゃんのオチン×ン、とっても大きいですぅ……ああ、変です、奈月、これを触ってると変な気分になっちゃうよお」

「触ってるだけでいいの？　ゆっくり手を動かしてみなさい。そうすれば浩ちゃん、もっと悦んでくれるから」

「は、はい……こ、こうですか？　気持ちイイですか、お兄ちゃん？」

いつの間に『お客様』が『お兄ちゃん』に戻っていたが、真琴も気にしなかった。

「うう、うっ、ううぅ……」

「あっ、先っぽから、透明なおツユが出てきました……」

「男の子もね、感じると女と同じで、エッチなジュースが出てくるのよ」

「へえ……あ、どんどん出てきます。お兄ちゃんのオチン×ンから、いっぱいエッチなジュース、溢れちゃってますー！」

男性器の反応が面白いのか、奈月は無邪気に手を上下に振っている。奈月自身も興奮しているのか、小鼻がひろがり、目尻のあたりが桜色に染まった表情が艶やかだ。

（うふふ、奈月ったらあんなに興奮しちゃって……。ああン、そんな可愛い顔見せら

れたら、お姉ちゃんまで感じちゃうわぁ）

　片手で浩平が逃げないように肩を押さえながら、空いた手で疼く秘芯をいじくる。さっきあれほど派手にイッたというのに、女体は新たな刺激を求めてうねっていた。

「だめだよ、そんな……ああ、出ちゃう……奈月ちゃん、僕、本当にもう……っ」

「出してください。奈月の手で、いっぱい感じてください……ひゃう!?」

　ピンク色の亀頭が膨張したかと思ったその直後、縦割れの尿道口から白い樹液が噴水のように飛びだした。

「うああ、ああ、あひ、ひぃぃ！」

「あああっ、出てる、お兄ちゃんの先っぽから、ミルクがいっぱい出てきますぅ！」

　初めて目撃する射精に、奈月が上擦《うわず》った声をあげている。自分の手が精液で汚れるのにも構わず、最後の一滴まで搾りだすかのように、ひたすら肉筒をしごきつづけていた。

「ふうん、大量に出したわね、浩ちゃん」

　文字通り精気を搾り取られてぐったりした浩平の顔を、真琴が笑いながら覗きこんでいる。

「でも、あそこはまだまだ元気いっぱいのようね。若いっていいわねえ」

「ふふっ、真琴お姉ちゃんだって、まだまだ若いじゃないですかあ」

飛び散ったザーメンを紙ナプキンで拭き取りながら奈月が笑う。まるで天使のようだと真琴が常々思っている笑顔だ。

(ううー、このまま押し倒したくなるわ……ああ、やっぱり奈月ちゃんの最初は、私が欲しかったな……)

しかし、もう遅い。計画は、いよいよ最終段階に入っているのだ。

昨夜、真琴がこの計画を切りだすと、

「うん、わかった」

「え？　いいの？　本当に？」

「うん」

奈月はあっさりと了承した。てっきり躊躇《ちゅうちょ》すると思っていたので、これは意外だった。

「お兄ちゃんが誰を好きなのかはわからないけど、でも、奈月がお兄ちゃんを好きってことは変わらないもん」

(我が妹ながら、なんていじらしいのかしら。私が男だったら、絶対に可愛がっちゃうのに)

そんな真琴たちの思惑も知らず、浩平は呆然と射精の後始末をする奈月を見ていた。

欲望に流されてしまったことを後悔しているようだ。

(どうして男って、最後まで理性が残っちゃうのかしらね。素直に快楽に溺れれば楽なのに)

しかし若い肉体はすでに回復しており、股間のものはまたも雄々しくその頭を持ちあげはじめていた。人生で最も性欲の旺盛な年齢だけに、一度くらいの射精ではまったく衰える気配がない。

「浩ちゃん、もしかして奈月のウエイトレス姿に興奮しているの?」

「ええっ? そ、そんなこと、ないですよ!」

「そうかなあ? 私が男の子なら、奈月の制服姿で何回でもイケちゃうわよ?」

「やだ、お姉ちゃんのエッチー」

「ほらほら奈月、浩ちゃんにもっとサービスしてあげなさい。可愛いウエイトレスさんを見れば、もっと元気になるはずだから」

「は、はい……こ、こうですか?……ああン、奈月、恥ずかしいですぅ」

自分でスカートの裾をあげ、制服の下に隠されたショーツを露出する。純白のショーツの底は、ぐっちょりと濡れていた。

「！」

その染みに気づいた浩平の視線が、じっとその箇所に注がれる。驚いているようでもあり、興奮しているようでもある。もしくはその両方かもしれない。

「やっ、やです、お兄ちゃんの目、とってもエッチですぅ。でも……お兄ちゃんになら、奈月、全部見られても平気、です……」

昨夜と同じように、潤んだ瞳で浩平の顔を見つめてくる。

「奈月、お兄ちゃんが誰を好きでも構いません。真琴お姉ちゃんでも香月お姉ちゃんでも、私の知らない誰かでもいいんです。でも……でも、奈月の初めては、絶対にお兄ちゃんじゃなきゃイヤなんです……」

きゅっ、と下唇を噛み、ほんの数秒だけ躊躇《ちゅうちょ》してから、一気に湿ったショーツを脱ぎ捨てた。スカートで隠れて秘所は見えないが、きわどい丈のせいで、逆にそのまま見えるよりも煽情的な光景だった。

「卑怯だってわかってますけど……でも奈月、もうとまらないんです……お兄ちゃん、好き……っ」

「な、奈月ちゃ……」

奈月の小さな唇が、浩平のその後のセリフを奪う。

浩平の頭を抱えこみ、天を向いた屹立をまたぐようにして身体を重ね合わせる。

「お兄ちゃん、奈月とエッチするの、イヤ？　奈月みたいな幼児体型、嫌い？」

奈月は昨夜のことをまだ引きずっていた。浩平が途中でやめたのは、自分が幼児体型だったからだと悩んでいた。

そんなことはないと真琴が何度言っても、奈月は納得しなかったのだ。

「昨日、私から逃げたのはそのせいなの？　奈月がペチャパイで子供だからなの？」

「違うよ、奈月ちゃん。昨日逃げたのは、あれ以上あそこにいたら、僕は間違いなく君を押し倒しちゃうと思ったからだよ。本当の妹のように思っている奈月ちゃんにそんなことしたくなかったんだ」

「妹……」

それはつまり、浩平が奈月を恋愛対象と見ていないことでもある。浩平も、それを伝えたくて『妹』という表現を使ったのだろう。

「でもぉ……お兄ちゃんは、そんな妹にも興奮しちゃう、エッチさんなんだよね？　ほら……お兄ちゃんのオチン×ンが、奈月のお尻をツンツンしてきてるよぉ？」

確かに、奈月のミニスカートに浩平の亀頭が触れていた。しかし、これは不可抗力と言える。もちろん、そんなことは奈月だってわかって言っているのだ。

（もしかして奈月、失恋した仕返しのつもりなのかしら？）

だとすれば、ずいぶんと可愛い仕返しだ。

（奈月らしいけどね）

「ほらほら、お兄ちゃんのエッチなジュース、奈月のスカートを濡らしてるよ？　妹なのに、エッチな気分になっちゃうのって、おかしくないのー？」

「ご、ごめん……ああ、でも、だって……ああ……っ」

理性と欲望の狭間で、浩平が苦しんでいる。そんな浩平を見つめる奈月の目が、妖しく光っていた。

（奈月、意外とサディストなのかしら？　でも……そんな奈月も可愛いわぁ……）

処女の稚拙な言葉責めに触発された真琴が、ふらふらと奈月の背後にまわりこむ。

制服のブラウスの上から、硬いふくらみを揉みはじめた。

「きゃあ!……お、お姉ちゃん、ちょっ、ちょっと!?」

「うふふ……奈月の制服姿を見てたら、お姉ちゃん、エッチな気分になっちゃったの……せっかくだから、浩ちゃんと一緒、三人で愉しみましょう」

「やっ……やン、おっぱい……おっぱい揉んじゃだめなのぉ……ああ、そ、そっちはもっとだめぇ！」

まだ幼い乳房を揉みつつ、もう一方の手をスカートの内部に侵入させる。下着はさっき脱ぎ捨てていたので、当然、直接秘所を愛撫できた。

「あっ、やっ、やあン！……はあン……ンン……あン、ああン！」

「なによ、奈月だってこんなに濡らしているじゃない。あなた、浩ちゃんのことを言えないわよ?」

「だって、だって……ああっ、お姉ちゃんとお兄ちゃんのエッチを見せられたんだもん、奈月だって興奮しちゃうもんっ」

「それにしたって、ずいぶんな濡れようね……ああ、いやらしい」

からかうように耳もとで囁く。幼い秘裂を撫でていた指は、愛液でもうベトベトになっていた。

（これだけほぐれていれば、大丈夫ね）

少し段取りが違っているが、このまま計画の最終段階へと進むことにする。

「浩ちゃん、見て。これが奈月ちゃんのオマ×コよ」

奈月の膝裏に腕を差し入れ、幼子におしっこさせるような格好で持ちあげる。奈月が小柄で、真琴が大柄な体型だからこそ可能なことだった。

「イヤ、お姉ちゃん、おろして！　ダメダメ、こんなの恥ずかしいよぉ！」

M字型に開脚された股間に、浩平の視線が突き刺さる。

ほんのわずかに生えた恥毛も、そのすぐ下に見える一本の縦スジも、すべてが曝けだされてしまった。

「イヤぁ……イヤ、イヤ……ああ、恥ずかしい……奈月、恥ずかしくて死んじゃうぅ……っ」

「いいじゃないの、どうせ見せるつもりだったんだから。さ、このまま浩ちゃんにバージン捧げちゃおうね」

「ああ……」

逆らっても無駄と思ったのか、奈月が抵抗をやめた。もともと浩平に処女を捧げる計画だったので、ある程度覚悟もできていたのだろう。

「さ、いくわよ」

浩平の肉棒の位置を確認し、ゆっくりと奈月の身体を落としていく。先端が秘裂に触れ、奈月がビクリと震える。

「大丈夫、力を抜いて……そう、そのまま……」

「くぅ……うっ……ああ、い、痛い……んんっ！」

ただでさえ小柄な奈月の秘口は、なかなか浩平の肉棒を受け入れられなかった。愛液は充分に分泌されているし、膣口も真琴の愛撫でかなりほぐれている。

(やっぱり、奈月には浩ちゃんの、ちょっと大きすぎるかな?)

痛がる奈月の様子に、さすがに真琴にも迷いが生じる。

「いいの……お姉ちゃん、私は大丈夫だから、思いきりやって……」

涙を浮かべた目が、決意の固さを表わしていた。

(そう……そんなに浩ちゃんのことが……)

失恋してもなお、愛しい男と結ばれたいという妹の気持ちに、真琴も決心をする。

一気に決着をつけるべく、奈月を支える力を急激に緩めた。

「うひィ!」

平均以上の大きさを誇る浩平の亀頭が、おぞましき凶器となって処女の膣口を強引に拡張していく。今にも裂けるのではと思うほど、未成熟な女壺が必死になって異物を受け入れようとする。

多量の愛液が潤滑油となって、亀頭の半分まではなんとか収まった。が、そこから先の抵抗が大きい。もう限界と思われるほどに膣口がぱんぱんに張りつめ、その苦痛に奈月が脂汗を流している。

「……いくよ、奈月」

奈月の体重を支えていた手から力を抜いた。

「……ッ！」

自身の全体重が、十四年間、誰にも触れられることのなかった純潔に襲いかかる。狭い膣道を、膣壁を抉りながら肉棒が突き進む。

「いひッ、ひッ、いひいいいいぃぃッ!!」

一瞬にして、亀頭の先端が奈月の最奥へ到達する。まるで内臓を突きあげられるような衝撃に、奈月の意識が薄れかかった。しかし、それ以上の激痛が気絶することを許さない。息をするたびに、股を引き裂かれるような痛みが脳天に突き抜ける。

「痛い、痛いよ……うああっ、ああーっ！」

「大丈夫、力を抜いて。力むと、余計に痛いわよ」

奈月の身体を少しだけ持ちあげる。子宮を突きあげるような感覚がなくなり、多少は楽になった。

「痛みより、浩ちゃんと一緒になれたことを考えるの。好きな人と結ばれたって思いなさい」

片手で奈月の身体を支えながら、もう一方の手で小さな肉芽を包皮の上からさする。ちょっとでも痛みを和らげてあげようという、真琴の思いやりだった。

「ああ、奈月ちゃん……」

あまりに急激な状況の変化に、それまで人形のように固まっていた浩平が、久しぶりに口を開いた。奈月の苦しむ様子に正気を取り戻したようだ。

自分の股間のモノが奈月の純潔を貫いているのを見て、泣きそうな顔になる。

妹のように可愛がっていた奈月を汚してしまったという絶望と、処女の強烈な締めつけによる快楽が交互に襲ってくる。

「お兄ちゃん……お兄ちゃぁんっ」

破瓜《はか》の痛みから逃れようと、奈月が浩平に抱きつく。浩平もまた、そんな奈月をしっかりと抱きかえした。

「大丈夫だから……お願い、奈月のこと、女にして！……お兄ちゃん……ああ、お兄ちゃん！」

うわごとのように浩平を呼びながら、激痛を堪え忍ぶ。

「奈月ちゃん……ちょっとだけ、我慢してね」

先ほど放出したばかりなのに、あまりの締めつけにペニスはもう爆発寸前だった。早く射精して解放してあげたほうがいいと判断し、ゆっくりと腰を動かす。

「うああ……動いてる、お兄ちゃんのが、奈月のお腹をかきまわしてるぅ！」

「あぁっ、すごいよ、奈月ちゃんのなか、気持ちよすぎるッ」

真琴の絡みつくような肉襞とは違う、圧倒的に狭い膣道による強烈な締めつけ。数ミリ動かすだけで、肉棒がとろけるような快感が押し寄せてきた。

「出して……お兄ちゃんのミルクで、奈月を……あぁっ、奈月をいっぱいにしてぇ！」

真琴の愛撫のせいか、徐々にではあるが破瓜の激痛が小さくなってきた。異物の刺激にも慣れ、少しずつ肉棒の出入りがスムーズになる。

それと同時に、女壺の奥のほうに、表現のしにくい感覚が湧きあがっていた。痒みにも似た、けれど甘い疼き。その部分を亀頭のエラで擦られるたびに、柔襞から新しい愛液が染みだす。

「あぁぁ、あっ、はあン……あっあっ……はうぅン！　変です……奈月、痛いのに、アソコがジンジンするのぉっ」

「な、奈月ちゃん、僕……んあぁ、出ちゃう……奈月ちゃんのなかに、いっぱい出しちゃうよ！」

奥歯を嚙みしめ、下腹に力をこめる。

堪える間もなく、浩平は今日二度目の精を奈月の胎内にぶちまけていた。

Ⅲ 二人の想いはすれ違い

1 次女・香月の疑惑

奈月が処女を失ってから数週間後。

『プティ・スール』は表面上、いつもと変わらない様子を見せていた。相変わらず客足は好調だったたし、浩平の新メニューの評判も上々だった。

けれど一人、香月だけは異変に気づいていた。

(おかしい……やっぱり、変)

姉はいつもと同じく、悔しいくらいに美しく、てきぱきと働いている。

妹も、これまた同じように愛らしい笑顔で客たちにケーキや紅茶を給仕している。

幼なじみの同級生も、相変わらず美味《おい》しいお菓子を作りつづけている。

しかし、なにかが違う。なにかが決定的に変わってしまっていた。

具体的には、香月を除いた三人で行動することが増えた。今までそんなことはなかったので、余計に気になってしまう。

店を閉めてからも、三人でなにやら遅くまで残っている日も多い。なにをしているか気にならないと言えば嘘になるが、かと言って、尋ねるのは負けを認めるようでいやだった。

(まったく……三人でいったいなにをしているのかしら？ 真琴姉さんだけならまだしも、奈月や浩平も一緒ってのが気になるわ)

それとなく奈月や浩平に水を向けてみるのだが、二人とも口を割らない。最近は、顔を合わせても香月から逃げるそぶりすら見せはじめていた。

(なによなによ、私だけ除《の》け者にしてっ)

気に入らない。自分を蚊帳《かや》の外にするということがとにかく気に入らない。

そして、怖い。

香月が一番怖いのは、自分が誰にも受け入れてもらえないことだった。

だからこそ幼い頃から進んで家事や店を手伝い、妹の面倒を見、幼なじみがパティシエを目指すと言えば、その修業に手を貸したのだ。学校では進んでクラス委員や実行委員を引き受けたし、誰かが困っていればすぐに助けるように心がけていた。それもすべて、自分の居場所を確保するための生活の知恵だった。

そんな性格だったからこそ、小学校に転校してきた浩平とすぐに仲よくなったのだ。

(それなのに……)

そんな自分を除け者にすることは、重大な裏切り行為としか思えなかった。自分の人格を、存在意義を無視された気がした。

「見てなさい、すぐに尻尾をつかんでやるんだから!……」

まず香月がしたことは、三人の行動の監視だった。とにかく、連中がなにをしているかを知らなくては対処のしようもない。

が、三人は思いのほか慎重に行動しているようで、なかなか香月に隙を見せない。そして、香月が監視していることに気づいたのだろう、最近の三人はこれまで以上に慎重になっていた。

一度警戒されてしまうと、もうなかなかチャンスはやってこない。

(こうなったら、あとは覗きしかないわね)

非常事態だからと自分を無理やり納得させ、最後の手段に訴えることにする。

作戦決行は金曜日の夜、閉店後とした。女友達の家に泊まりに行くと嘘をついて、三人を油断させ、その後に戻ってくる計画だった。

(……そろそろかな)

コンビニをはしごして時間をつぶしてから、静かに店の勝手口から侵入する。

(なんで自分の家に入るのに、こんなに気を遣わなきゃいけないのよ、もうっ)

心のなかで文句をたれながら、足音を忍ばせて真琴たちの位置を探る。香月の予想では、三人とも『プティ・スール』店内にいるはずだった。

案の定、もう後片づけが終わったはずの店内から物音と話し声が聞こえてきた。

「ああっ……浩ちゃん、すごいわぁ」

「やあン、お兄ちゃん、奈月にもしてぇ!」

(?……な、なにをしてるのよ?)

おぞましい想像に冷や汗をかきながら、ゆっくり声のする方向へと進む。

「ううっ、ま、真琴さん……うああッ」

(っ!?)

そこにひろがる光景を半ば確信しながら、そっと薄暗い店内を覗きこむ。

(うわぁ……あ、ああ……っ)

危うく声が出るところだった。覚悟していたとはいえ、それはあまりに衝撃的な光景だった。

抑え気味の照明の下、真琴と奈月、そして浩平の三人の姿が浮かびあがっている。三人とも制服姿だった。しかしその制服はすでに半分以上はだけられており、それぞれの汗ばんだ素肌がのぞけている。

真琴はテーブルの上にあお向けで横たわっている。

奈月はその真琴に覆いかぶさるように、四つん這いで可愛いお尻を掲げている。

そしてその二人の腰を抱えこんでいるのが浩平だった。

「んあぁっ、イイ、浩ちゃんのオチン×ン、硬くて最高よぉ！」

その浩平に貫かれた真琴が、あられもない声を響かせている。密かに香月が憧れている美しい黒髪が、ばさばさに乱れていた。

「お兄ちゃん、奈月も気持ちよくしてほしいよお」

奈月が切なげに眉根を寄せて、可愛い臀部を浩平の鼻先で振っている。

店で着用している制服のスカートが煽情的に捲れあがり、その奥の秘部が露出する。

浩平は腰を振りたてつつ、そのスカートのなかに顔を潜りこませた。

「ああ、奈月ちゃんのここ、もうびちょびちょだね……舐めても舐めても溢れてくるよ」

思わず耳を塞ぎたくなるような大きな音をたてて、浩平が奈月の愛液を啜る。

「やっ、イヤっ、そんなに音たてちゃだめなのぉ！　あはぁん、はン、はふぅ！」

「そんなこと言って奈月、こんなに乳首を尖らせてるのはどうしてかしら。浩ちゃんにオマ×コ舐められて感じてるんでしょ？　ふふふっ、そんないやらしい娘には、お姉ちゃんがお仕置きしちゃうからねっ」

「いやぁ、噛まないで……そこ、噛んじゃだめぇ！　ふぅんんん……ッ」

真琴と浩平に同時に責められながら、奈月が甘い声で啼《な》いている。

（嘘……奈月が……あの奈月がこんな……っ）

小学生と言ってもおかしくないくらい童顔で愛らしい自慢の妹が、義姉と幼なじみに挟まれて生臭く喘いでいる。しかも、この様子では、昨日今日の関係ではなさそうだ。

（もしかして、ずっとこんなことをやってたの？……）

自分を除け者にして、誰もいなくなった店内でこんな淫靡《いんび》で背徳的な行為を繰りかえしていたことに、香月は衝撃を受けた。今まで信じていたものすべてが、足もとから崩れていくようだった。

気がつくと、香月は腰が抜けたように床に尻餅をついていた。ひんやりとしたタイルの冷たさがじわりと尻肉に伝わってくる。皮肉なことに、その感触が香月に冷静さを取り戻させてくれた。

物陰から半分だけ顔を出し、もう一度、三人の痴態を覗き見る。怒りや驚きもあったが、純粋に好奇心もあった。

家でも学校でも堅物として通っている香月も、性に関しては人並み、いやそれ以上の関心を持っていた。家庭のことでストレスを溜めこむ生活がつづいたせいか、その発散の手段にオナニーを用いることもしばしばあった。

(こ、こんなのおかしいよ……さ、三人でするなんて、絶対に変！……)

どちらかと言えば保守的な考えの持ち主である香月には、３Pなどというプレイは受け入れがたいものだった。しかも、そのうち二人は義理とはいえ姉妹なのだ。

(でも……それを覗き見して興奮してる私が、一番変……)

以前、同級生の兄のアダルトビデオを女友達でわいわい言いながら鑑賞したことはあったが、あのときだってこんなに身体が火照《ほて》ることはなかった。

身近な人間同士の行為がこれほどに淫らで、官能的で、背徳的だと初めて知った。

香月の右手が無意識に股間に伸びていく。すでに左手は上着のなかに潜りこみ、ブラジャーの上から胸のふくらみを撫でまわしていた。

(だめ、だめよ香月。姉妹と幼なじみの変態プレイを見てオナニーするなんて、ケダモノのすることよ……だめ……負けちゃだめ……っ)

しかし長年自慰行為に慣れ親しんだ若い女体は、一度点火した疼きを抑えるどころか、さらに苛烈な刺激を求めてくる。

乳首が尖り、女壺からはまるで汗のように淫汁が染みでてくる。肉の莢に覆われていた陰核も、むくむくとその体積を増してきた。

心臓の脈動する回数が増え、半開きの唇から熱い吐息がもれる。全身の毛穴が開き、アドレナリンに誘発された汗がじっとりと白い肌を濡らしていく。

(ああ、熱い……身体がどんどん熱くなってきちゃうぅ……どうしよう、私、こんなことしてるの見つかったら、恥ずかしくて死んじゃうよお)

覗き見しているだけでも気まずいのに、それをオカズに自慰までしてるなど、プライドの高い香月でなくとも、到底知られたくないことだ。理性はさっさとこの場から立ち去るよう最大級の警報を発しているが、牝の本能がそれを受け入れない。むしろ、見つかるかもしれないというスリルが、危険なスパイスとなって香月を高ぶらせていた。

「んっ……ふぅ……ふっふううっ……」

歯を食いしばり唇を噛みしめても、官能の上昇に伴う喘ぎ声を完全に殺すことができない。声を出せないという苦しささえも、絶頂への階段を昇る手助けになってしまう。

（とまらない……アソコをいじる指が、全然とまらないぃっ）

ショーツの上からでは物足りないと、香月の右手はすでに直接秘裂に触れている。肉の薄い陰唇に畳みこまれている肉ビラを、指の腹を使ってこねくりまわす。

オナニーの経験は豊富だが、処女膜を傷つけるのが怖くて膣口を触ることはほとんどなかった。たまに指先だけを挿入することがあったが、それもせいぜい第一関節までで躊躇《ちゅうちょ》してしまう。そのため、どうしても快感を得るのはクリトリスが中心となっていた。

（もう、こんなになってる……）

たび重なる自慰で、香月の肉芽は少しの性的興奮にすぐに反応するようになっていた。しかも指による刺激のせいか、明らかに勃起時の大きさが平均を上まわっている。その敏感な突起は簡単に包皮を押し退け、むくりと顔を出してくる。

（や、やめなさい……香月、今ならまだ間に合うわ。こんなところで……姉さんたちを覗きながらクリちゃんなんて触っちゃいけない……っ）

膣での自慰の経験が少ない以上、香月が最も感じる部位は、当然クリトリスだった。普段のオナニーでも、イクのは決まってここを激しく擦ったときだ。

(触るわよ……いいのね、香月……こんなに大きくなってるクリちゃん触ったら、すぐにイッちゃうわよ?)

自問自答を繰りかえしながらも、香月の指は今にも肉芽に触れそうになっていた。とめどなく溢れる愛液に、指もショーツもぐしょぐしょだった。

大きく息を吸いこみ、覚悟を決める。

「ッ……ふぅおおおおッ!!」

中指の腹が肉豆をさすった瞬間、香月の目の前に白い星がいくつも散乱した。舌が口の外に飛びだし、眼球がぐるりんと裏返る。

(なっ……なにこれぇ! す、すごっ……こ、こんなの……こんなの初めてぇ! イッちゃう……お豆に触っただけでイッちゃうぅ!!)

覗き見という背徳的な行為のせいだろう、香月の肉体は自分で思っている以上に敏感になっていた。そのため、いつもと同じ刺激が何倍もの大きな波となって香月の身体を揺さぶった。

「ふっふぶっ、んふううぅぅーッ!!」

あわてて左手の甲で口もとを押さえるが、絶頂の悲鳴は一向に収まってくれない。

(イッてるのにッ！　私、さっきからずっとイッてるのに、全然イクのが終わらないよぉ！　声が……声が出ちゃう……っ‼)

その場で崩れ落ち、ビクビクと何度も痙攣する。愛液とは違う液体が尿道口と膣口から噴きだし、床を濡らしてしまう。

(お漏らし⁉……ううん違う……これって……これってまさか！……)

知識としては知っていたが、まさか自分が潮を吹くなどとは思わなかった。しかも、よりにもよってこんな状況下で。

「誰かいるのっ⁉」

(まずい！)

声が聞こえてしまったのだろう、真琴の鋭い声が飛んできた。こちらへ向かってくる足音も聞こえる。

(に、逃げないと！……)

力の入らない足に苦労しながら、それでも必死にこの場から立ち去ろうとする。

こんな格好を見れば、勘の鋭い義姉ならば、すぐにすべてを察するはずだ。香月が自分たちをオカズに、いやしくもオナニーしていたことを。

（姉さんには……真琴姉さんだけには知られたくない！……）

折れんばかりに歯を噛みしめ、全身全霊の力を両脚にこめる。

「誰っ!?」

ドアが開いて真琴が顔を出すのと、香月が勝手口から脱出するのは同時だった。

（た、助かった!?……）

振り向く余裕もなく、香月はただひたすらにその場から逃げ去った。

2 初恋の〝終わり〟

（どうしてくれようかしら、あの三人……）

衝撃的な光景を見てしまったあの晩から三日後。

真琴たちはいつもと同じように振る舞っているので、どうやら覗き見は露見していないようだ。その点に関しては心底ほっとしたが、肝心の問題が解決していない。

万事控えめ、特に異性に対しては臆病なほどに気弱な浩平、素直すぎるほどに素直、いまどき珍しいくらいの純情な奈月にあんな淫らな行為が自発的にできるとは思いにくい。となれば、

（当然、犯人は真琴姉さんよね……って、考える必要もないくらい自明のことだけど）

理知的で聡明な大人の女性。

単身渡仏し、パリの有名菓子店で修業してきた女性パティシエ。

二十代の若さで自らの店を切り盛りする有能なオーナーシェフ。

みどりの黒髪、優しい笑顔の似合うすらりと長身の美女。

それが大方の真琴に対する評価だろう。それは大筋において間違っていないし、香月も認めるにやぶさかではない。

が、同じ屋根の下に暮らして早十年、いくら猫をかぶっていようと、家族にはどうしても隠しきれない本性が出てしまうものだ。

（真琴姉さんの趣味くらい、ちゃあんとわかってるんだからねっ）

あれだけの美貌とスタイルなのに、浮いた話がない。短大生の頃はそれなりにボーイフレンドもいたようだが、真琴が朝帰りしたような記憶が香月にはない。『プティ・スール』をはじめてからは、それこそ朝から晩まで仕事漬けで、男と遊ぶような時間なんてなかったはずだ。

そんな真琴を、身持ちの堅い真面目な女性と尊敬した時期もあった。しかし、あるとき急に気づいてしまった。きっかけは特にない。ただ、小さな疑問が積み重なって、ある瞬間、それがひとつの解答へと結びついたのだ。

義姉が、年齢相応の異性にではなく、とにかく性別に関係なく『可愛い』という基準で人間を見ていることに。しかも、それはどうやら性にも直結しているらしい。

ちょうどその頃、香月自身も性に目覚めはじめた時期だったから、余計にそういうことに敏感になっていたのかもしれない。

（とにかく、あれはいくらなんでもいきすぎよ……浩平はともかく、奈月はまだ子供なんだから！）

なんとしても、あのような淫らな行為をやめさせたい。が、それを直接真琴に言っても、

「どうして香月がそんなことを知ってるの？　まさか、このあいだの覗き魔はあなただったの!?」

やぶ蛇になるのは目に見えている。となると、

（浩平か奈月……）

このどちらかに言うしかない。しかしあの奈月にそんなことを言えば、きっとショックを受けるだろう。可愛い妹を泣かせることは、香月にとって最大のタブーだった。

（そうすると……）

「それで、なんの話？　香月が学校で僕を呼びだすなんて、珍しいね」

「私だって、好きでこんなことしてるんじゃないわよっ」

「……なに、怒ってるの？」

放課後の校舎裏に、香月と浩平が向かい合って立っていた。ここは清掃用具の倉庫が近くにあるだけで、掃除の時間さえ過ぎれば、人目につきにくい場所だった。

「単刀直入に聞くわ」

まわりに誰もいないことを確認してから、いきなり切りだす。

「アンタたち、いったい毎晩なにをしてるのよ!?」

誰と誰、とは言わなかった。言わなくても通じるはずだった。

「な……なんのこと、それ。ぼ、僕にはさっぱり……」

案の定、浩平は香月が苦笑するくらいに狼狽《ろうばい》する。

「あら、聞きたいの？　いいわよ、ここには誰もいないし、はっきりとアンタたちのしていたこと、言ってあげようか!?」

「う……」

香月の剣幕に浩平がたじろぐ。小柄な浩平と大柄な香月、見た目にも浩平の旗色が悪いのは明白だった。そもそも、いまだかつて言い合いで浩平が香月に勝てたことなどないのだ。

「さあ、答えて。どうしてあんなことになってるのよ！」

「…………」

「なによ、いまさらだんまりっ!?」

顔と顔がくっつくくらいにつめ寄るが、浩平は口を割ろうとしない。これは香月にとって計算外の事態だった。

「ちょっと、なんとか言いなさいよ、バカ！」

「…………っ」

胸ぐらをつかまれて激しく揺さぶられても、浩平は頑として口を開かない。

「な……なによ、その目は！　ア、アンタなんかににらまれたって、ちっとも怖くなんかないんだからねっ！」

「…………」

無言で見かえしてくる浩平に、ついに香月の理性が吹っ飛んだ。怒りと屈辱で、頭のなかが真っ赤に染まる。まさか浩平が逆らうとは夢にも思わなかった香月にとって、これは大きな誤算であり、自分に対する重大な裏切り行為であった。

「なっ……なんなのよ！　アンタ、この私に逆らう気っ!?　わかってんの、自分が誰に歯向かってるのか！」

「……わかってるよ、香月。でも……」

浩平が、初めてつらそうに顔を歪めた。憧れの人である真琴と、幼なじみである香月との板挟み。心根の優しい浩平にとって、これは身を切られるような苦しみだった。

「浩平……」

そんな心情に気づいてしまった香月には、これ以上問いつめることはできなかった。どこへも吐きだせないどす黒い感情が、香月の胸のなかでドロドロと渦巻く。

放出できない負のエネルギーが、一気に香月自身を侵食する。

（いいや、もう……。勝手にすればいいのよ、浩平も奈月も！……）

「か、香月？」

心配そうに自分を覗きこむ幼なじみだって、すでに義姉である真琴のものなのだ。手が届く範囲にあるものは、すべて香月の元から消えていく。

「結局私は、全部真琴姉さんに持っていかれる運命なのね……」

「え？　か、香月？……」

「ふふふ……あはははは……っ！」

どうしてだろう。

こんなにつらいのに、こんなに悲しいのに、こんなに苦しいのに。

こんなに憎らしいのに。

香月の口からこぼれたのは怨嗟《えんさ》の言葉でもなく、泣き言でもなく。

ただの笑い声だけだった。

「香月……香月！」

「うふふふふ……あぁ、浩平？　どうしたの、そんな怖い顔して？」

「しっかりしてよ、香月！　こんなの、香月らしくないよっ」

パン！

香月の平手が、浩平の左頬を思いきり叩《はた》いていた。

「私らしいって、なに!?　自分の居場所を、後からやってきた女に次々と奪われること!?　お父さんも奈月もアンタも、真琴姉さんが持ってっちゃったのよ!?」

高ぶった感情が、ヒステリックな叫び声となって浩平にぶつけられる。自分でも気づかぬうちに大量の涙が溢れ、頬と顎を伝い、地面に落ちていった。

「どうしてっ、どうしてよ！　どうして私だけ、みんな取られちゃうのッ。私がなにをしたのよ、私のどこが悪いの!?　ねえ、教えてよ、ねえ！」

浩平の両肩をつかみ、ガクガクと力いっぱい揺する。

次第にその手から力が抜け、倒れるようにして、浩平の胸に顔を突っ伏す。

「私じゃダメなの？……真琴姉さんじゃなきゃダメなの、浩平？……」

「香月？……」

「ひどいよね、姉さんって。私から家族を横取りするだけじゃなくって、初恋の男の子まで奪うんだもん。……ずるいよ、みんな。……みんな、嫌い。大嫌いよぉ！」

そのまま、まるで一生分の涙を流しつくすかのように香月は泣きつづけた。浩平はどうすることもできず、ただ、この古い付き合いとなる幼なじみの背中を撫でることしかできなかった。


（初恋の相手って……もしかして、僕のこと？）

泣きつづける香月を抱きしめながら、浩平は先ほどのセリフを反芻《はんすう》していた。

香月が感情を爆発させることは決して（少なくとも、浩平の前では）珍しくなかったが、それはあくまでも怒りを主体としたものであって、今回のように泣き喚くなんてことは、これが初めてだった。

（いや……昔はよくこんなことがあったっけ……）

今でこそ我慢強い香月だが、昔はちょっとしたことで感情が簡単に爆発していた。ちょうど新しい家族ができた頃だったから、それが原因だろうと浩平は推測している。ずっと以前、浩平や香月が小学生だった頃の話だ。

「浩平、覚えてる？　あの日、公園で約束したこと」

ようやく泣きやんだ香月が、ふいにそんなことを尋ねてきた。

（公園？……約束？……）

その二つのキーワードから連想されることは、浩平にはただ一つの情景だけだ。

幼い頃、中途半端な時期に転校してきた浩平はなかなか小学校の級友に馴染めず、泣いてばかりだった。

そんな浩平の頭を撫でながら、自分から友達を作りなさいと諭《さと》してくれた、初恋の人。印象的なロングストレートヘアは今もよく覚えている。

「ふふ……無駄よね、こんなこと浩平に言っても。だってアンタ、あれが真琴姉さんだって思ってるんだもの。……ふふふっ……すごいわよね、姉さんは。私の記憶まで、浩平から奪っていくだなんて……はは、あはははは っ！」

再びけたたましい声で笑いはじめる。その目は浩平を見てはいるものの、焦点は合っていない。

透明な雫《しずく》が、その両目から、ツ……と流れ落ちた。

「か、香月、それって……それってどういうことっ？　ねえ、ねえ！」

浩平の頭のなかで、なにかが蠢《うごめ》きはじめた。長い間眠っていたなにかが、ゆっくり、しかし確実に覚醒する予感。

背中に冷たい汗が流れ落ちる感覚。

（記憶……真琴さん……香月……約束……公園……）

キーワードがぐるぐると頭を駆けまわる。

そして、浩平の記憶が鮮やかによみがえった。


今から十年ほど前。

小学校低学年という時期に、学期途中から転校してきた浩平は、生来のおとなしさと小柄な体格ゆえに、なかなかクラスに馴染めないでいた。唯一浩平と遊んでくれたのが、当時から面倒見のよかった香月だった。

香月はクラスの中心的存在だったこともあり、浩平はなんとか孤立しないですんでいた。そういった意味では、香月は浩平の恩人でもある。

当時、香月の父親が再婚し、新しい母親と義姉が家族として家庭に入ってきていた。

このことは再びこの街に戻ってきてから知った浩平だったが、今から思えば、確かに当時の香月の様子がおかしかったことに思い当たる。

転校して孤立していた浩平と、家庭に自分の居場所を見出せない香月。この二人は、無意識のうちに互いを必要としていることを感じ取っていたのかもしれない。

あの日は一学期最後の日だった。終業式も午前中に終わり、夏休みに入ったばかりの夏の午後。

浩平はすることもなく、かと言って家に帰るのもつまらないと、一人で公園のベンチに座っていた。いつもなら一緒に遊んでくれる香月が、あいにく、家の用事ですぐに帰っていたのだ。

当時の高岡家では新しい家族の親睦を深める目的で、よく外出をしていたと浩平は後から聞いた。その日も家族全員で出かけていたらしい。

ベンチでぼんやりしていると、いまだ馴染めないクラスの子供たちが数人、騒ぎながら公園にやってきた。彼らはそのまま、ドッジボールをはじめた。

浩平はチャンスだと思った。仲間に入れてもらおう。

だが、なかなかその一言が言いだせない。

ドッジボールをしている子供たちも、ちらちらと浩平のことを見ている。浩平が自分から仲間に入れてくれと言えば、おそらく彼らは受け入れてくれるだろうと感じた。

しかし、浩平はなにも言えなかった。一緒に遊ぼう。その一言を口にする勇気がなかった。

いつしか日も暮れ、ドッジボールをしていた連中も一人、また一人と家路につく。夕日も沈み、公園の外灯が点灯する頃には、浩平は再び一人きりに戻っていた。

どうして一歩が踏みだせないのだろう。どうして僕には勇気がないのだろう。

きっと僕は、一生友達ができないんだ。

そんなことを考えていたらひどく悲しくなって、ぽたぽたと涙が溢れてとまらなくなってしまった。

「こら、なにをめそめそ泣いてるのっ、バカ！」

「香月、いきなり叩くなんてだめでしょ！　めっ」

泣きつづける浩平の前に現われたのは、当時女子高生だった〝ポニーテール〟の真琴と、それまでのおさげから綺麗な〝ストレートヘア〟に髪型を変えた香月だった。

「あ、あれ？　真琴さんがポニーテール？　香月がストレート？」

「え？　ああ、昔ね。姉さんは高校生の頃はポニーテールだったわよ。私がストレートにしたのは一度だけ。クセっ毛だから、すぐにやめちゃったけどね。今ポニーテールなのは、これが一番楽だから」

十年経って初めて思いだされる過去に、浩平の心臓が高鳴る。

(まさか……まさか!?……)

再び、浩平の意識があの公園へと戻っていく。一度思いだしたことで、次々と鮮明な情景が浮かびあがってきた。


「だめだよ、いつまでも泣いてちゃ」

優しく浩平の頭を撫でてくれたのは、一人の女性だった。

泣いていたせいだろうか、実は浩平は彼女の顔をよく思いだせない。ただ、ストレートの黒髪が綺麗だったこと、背が浩平より高かったこと、そして彼女の身体からほんのりといい匂いがしたことを覚えている。

「どんなにつらくても悲しくても、自分から頑張らないとだめなんだからっ」

彼女は浩平と一緒にベンチに座り、頭を撫でつづけながらいろいろなことを話してくれた。他の誰に言われても頑張る気になれなかったのに、彼女に言われると頑張れそうな気がするのが不思議だった。

「いい？　お友達が欲しければ、自分から動くのよ？　最初はだめでも、いつかきっとあなたを好きになってくれるお友達が現われるからねっ。……ほら、約束だよ！」

そして交わされた、小指と小指の約束。彼女の暖かい言葉と温かい指の感触を、浩平はずっと覚えていた。


これまではずっと、この女性を真琴だと思っていた。だが、今ならはっきり思いだせる。あれは髪型を変えたばかりの香月だったと。

確かに香月と一緒に真琴もいた。おそらく、出かけた帰りに香月が公園に寄ろうと言ったのだろう。もしかしたら、そこに浩平がいると心配してのことだったかもしれない。小さな女の子一人で夜道は危ないと、真琴が付き添っただろうことも推測できる。

いつもはボーイッシュな服装の香月が、その日は新品の、お洒落《しゃれ》なワンピースを着ていた。髪型も変わっていた。

「あれはね、新しいお母さんと真琴姉さんに無理やりされたの。結局、すぐにいつも通りの格好に戻したんだけどね」

しかしこの日以降、浩平は香月と会っていない。父親の急な転勤が決まり、二学期を待つことなく、夏休み中に再び転校してしまったのだ。

つまり、

「つまり……僕は、真琴さんと香月を間違えて認識してたのか……」

「いらっしゃい。久しぶりね、浩平くん。ずいぶん大きくなったけど、相変わらず可愛いわね」

「え？　お会いしたこと、ありましたっけ？」

「ええ、小学生の頃にね。覚えてないのかしら、あの公園でのことは」

「えっ！　ということは……」

「ん？　どうしたの、私の顔、じっと見て。……あ、いけない、そろそろお店に戻らないと。それじゃごゆっくり。またね、浩平くん」

にっこりと浩平に微笑みかけてから、真琴は小走りにお店へと戻っていった。この当時は真琴一人で店を切り盛りしていたのだ。

「ストレートの黒髪……ああ、真琴さんが約束の人だったんだ！……」

「姉さんは短大に入った頃、今の髪型にしたのよ。当時のアンタは今よりもずっと小柄で、私は背が高いほうだった。子供だった浩平から見れば、私も姉さんも、どっちも背の高い女の人に見えたんでしょうね。服装も、髪型も変わっていたし、なによりアンタは泣いていたし、公園も暗かったから」

「そんな……僕は、ずっと勘違いをしてたの？……真琴さんと思ってたのは全部、香月だったんだ……」

「ふふ、いまさら思いだしたって遅いわよ……本当にバカなんだから、アンタは……ううっ……うう……ぐすっ」

香月の瞳から大きな涙が溢れ、ゆっくりと地面に落ちていった。

（ずっと……ずっと側にいてくれたんだ、約束通り。それなのに僕は……）

これまで真琴に抱いていた恋慕が霧散するのを感じた。

その代わり、目の前にいる幼なじみに対する感情が肥大していく。

（僕は……香月が……）

「香月……」

浩平は香月を抱き寄せようとしたが、

「なめないでよねッ」

乱暴にその手が振り払われる。涙で真っ赤になった目が、まっすぐに浩平をにらみつけている。

「真琴姉さんがだめだからって、今度は私に乗り換えるの!? はっ、バカにしないでよね。自惚《うぬぼ》れるのはいい加減にしたら？ 誰がアンタみたいな優柔不断男を好きになるもんですか！ 誰が……誰がアンタなんか……っ」

「ち、ちが……」

「違わないわよ、バカ！ 嫌いよ……浩平も姉さんも……みんな嫌いッ」

ひときわ大きな声で叫ぶと、一目散にこの場から走り去っていった。

「香月……」

ようやく気づいた浩平の本当の初恋は、こうして一瞬で幕を閉じてしまった。

3 恋は終わらない

「ねえ浩ちゃん、具合でも悪いのー？ 最近、元気ないわよ？」

『プティ・スール』閉店後。

真琴はいつものように店内の後片づけをしていた浩平に声をかけてみた。

「そんなこと……ないですよ、真琴さん。ちょっと……疲れただけです。大丈夫、一晩寝れば元通りですから」

ここ数日、明らかに浩平の様子が変わっていた。浩平だけでなく、可愛い妹、香月の様子も変だ。ケンカでもしたのかと思ったが、どうも違うらしい。お互い顔を合わせないのは確かだが、ケンカというよりも、気まずくて避けているという雰囲気だ。

「香月とケンカでもしたの？」

「……ケンカじゃ、ないです」

（微妙な言い方ねえ）

ケンカではないが、それに近いことは起きたということか。

「ね、どう、今夜。奈月も、最近浩ちゃんが可愛がってくれないからって寂しがってるわよ？」

「……すみません、疲れてるので、今日はこれで帰ります。……お疲れ様でした」

「あ、ちょっと浩ちゃん？」

まるで逃げるようにして店を出ていった。

「うむむ……これはちょっと問題かも……」

「なにが問題なのー？」

「え？」

風呂に浸かりながらも、浩平のことを考えていたらしい。タオルをくるりと頭に巻いた奈月が、じっと真琴の顔を覗きこんでいた。

「もしかして、香月お姉ちゃんのこと？　それとも、浩平お兄ちゃん？」

髪を洗い終えた奈月が湯船に入ってくる。

最近、真琴は奈月と一緒に入浴することが多かった。最初はなにかと文句を言ってきた香月も、今は諦めたのか、もうなにも言ってこない。

「どっちも。浩ちゃんも変だけど、香月もおかしいのよね、ここのところ」

「そうなのー。お姉ちゃんもお兄ちゃんも、普段ならしないような失敗ばかりしてるよー？」

「それも問題よね……」

店の責任者という立場からも、あの二人の早急な復活は最優先事項だった。店の看板娘とパティシエが使い物にならない状況は極めて深刻だ。

「うーん……これは少し、荒療治《あらりょうじ》の必要があるかしらね」

「あ……真琴お姉ちゃん、悪いこと考えてるでしょ？」

「どうしてそう思うの？　奈月」

「だって今、とっても楽しそうな顔で笑ってたから」

　奈月の言葉に苦笑を浮かべつつ、湯船から出る。

「先にあがるわね。ちょっと香月とお話ししてくる」


「香月、入るわよ」

　ノックをしても返事がないので、そのまま香月の部屋に入った。

「なによ、返事くらいしなさい」

　ベッドの上で膝を抱えた香月は、淀んだ目でちらりとこちらを見ただけだった。

（うわ、こりゃ重症ね）

「……なにか用？」

「あら、可愛い妹の顔を見るのに、なにか用事が必要かしら？」

「……ふざけないで」

　淀んだ瞳に、一瞬だけ光が戻る。鋭い、切り裂くような光が。

「単刀直入に言うわよ、香月。これは姉としての忠告。……いつまでも意地を張るの、およしなさいね。そろそろ素直になったほうがいいわよ」

「……余計なお世話。だいたい、姉さんにそんなこと言える権利があるのっ？　私から全部奪ってったくせに！」

「奪うだなんて……」

「だってそうでしょ？　私のものはみんな、姉さんが横から奪っていくんだから！」

ベッドの上に立ちあがり、険しい表情で真琴を見おろしている。

「みんなって、なに？　奈月のこと？　それとも、浩ちゃん？」

「どっちもよ！　二人とも、私から横取りしたじゃないの!!」

「それは言いがかりよ、香月」

逆上する香月とは対照的に、真琴の声はどこまでも落ち着いていた。そのことが、余計に香月の神経を逆撫でする。

「あのね、奈月も浩ちゃんもね、誰のものでもないの。誰かを自分のものにしようだなんて、それは思いあがりもいいところよ」

「な、なにをいまさらッ」

「言っておくけどね香月、自分の気持ちを誤魔化してるような人間ににらまれたって、ちっとも怖くなんかないわよ」

「誤魔化してなんかいないわ！」

「嘘おっしゃい。浩ちゃんのことが好きなんでしょ、香月は」

「な……なにを勝手なこと……」

「あのね、何年あなたの姉をやってると思ってるの？」

「…………」

「もう一度言うわ、香月。自分の気持ちに素直になりなさい」

「…………」

義妹は長女をにらんだまま、なにも答えない。

「香月」

「私……真琴姉さんみたいに割りきれないもん。好きだから好きって言えるほど、単純じゃないもん！……」

「ふーん、そうなの。……いいわ、わかった。香月がそう言うなら、遠慮なく浩ちゃんのこと、籠絡《ろうらく》しちゃうからね。今まではあなたに遠慮してきたけど、これからは大人の魅力で浩ちゃんをメロメロの骨抜きにしちゃうわよお……ウフフ」

「なっ……なにを言ってるの!?　だって姉さん、とっくに浩平のことは……」

「ああ、身体はもう私のものだけどね、心まではまだ奪ってないわよ。ちょっと年が離れてるのは気になるけど、愛があれば構わないもの」

「ちょっと……それ、本気で言ってるの？」

「本気も本気よ。浩ちゃん可愛いし、パティシエとしての才能も超一流よね。浩ちゃんが婿《むこ》養子になってくれれば『プティ・スール』も安泰だし、私も若くてピチピチの夫が得られて一石二鳥」

これは半分冗談だが（しかし、半分は本気だったりする）、香月はあっさりとこの挑発に乗ってきた。

「そんなこと、させないわ！……いいわ姉さん、そこまで言うなら受けて立つわ。浩平の一人や二人、簡単になびかせてみせるんだから！」

「その言葉、忘れないでね」

すっかり元気を取り戻した可愛い妹の姿に安心しつつ、香月の部屋から出ていく。

「あら」

すると、盗み聞きをしていたのだろう、風呂あがりの奈月があわててドアから離れた。

香月に見つからないよう後ろ手でドアを閉めると、真琴は奈月を連れて自室へと向かった。

「盗み聞きはよくないわね、奈月」

「だって、心配だったんだもん」

「大丈夫よ。香月も浩ちゃんも、すぐに元通りになるから」

「…………」

　奈月がじっと真琴の顔を見つめていた。

「なに？」

「お姉ちゃんは……真琴お姉ちゃんはあれでよかったの？」

「あれでって？」

「香月お姉ちゃんを焚《た》きつけたこと。本当にお兄ちゃんを取られちゃってもいいの？」

「……優しいんだね、奈月は」

　奈月の頭を撫でてやる。

「確かに浩ちゃんと遊べなくなったら寂しいけど、でも、落ちこむ香月を見るのはもっとつらいからね。私は奈月と同じくらい、香月も可愛いと思ってるんだから」

「お姉ちゃん……」

　奈月が姉の優しさに感動したその直後、

「それにうまく立ちまわれば、奈月と浩ちゃんにつづいて、香月も食べちゃえるかもしれないしー」

「……それが本音ですか、お姉ちゃん」

真琴は今にも涎れを垂らしそうな顔をしている。

「ウフフ……香月は堅物だから、悪戯するとき、いっぱいいやがるだろうなあ。どんな声で喘ぐんだろ……ウフフ、フフフフ……」

「真琴お姉ちゃん……正真正銘の鬼畜さんだよぉ」

すっかりその気になっている真琴を見て、奈月はそっとため息をついた。

Ⅳ ご奉仕はロストバージン！

1 熱い誘惑

「さ〜て、どうやって香月を食べちゃおうかなぁ」

「……本気だったんだ、やっぱり」

一緒に今日の売上伝票を整理していた奈月が、半分呆れたような、半分諦めたような顔で真琴を見ている。

すでに清掃も終わり、店内には真琴と奈月の二人だけが残っていた。浩平は明日の仕こみを、香月は家のほうで夕食の準備をしているはずだ。

「当たり前じゃない。この私が、あんなに可愛い妹を前に、いつまでも我慢できるわけないでしょっ」

「……威張られても困るんですけど」

香月を焚《た》きつけてから数日。真琴が見る限り、あの二人の間に進展はなさそうだ。よい意味でも悪い意味でも、現状維持がつづいている。

「どうして二人とも、もうちょっと積極的になれないかなあ。私が見たところ、絶対にあの二人、両想いのはずなんだけど」

「世のなか、真琴お姉ちゃんのようにエネルギーあり余ってる人ばっかりじゃないんですぅ」

浩平のことは吹っきれたのか、最近はこういうきわどい話題でも奈月は平気なようだった。失恋したショックは大きいはずだが、それを克服できるだけの芯の強さを奈月は持っている。

「あら奈月ちゃん、最近言うようになったわね？　ちょっと前まではいっつも自信なさげな顔でぼそぼそ喋《しゃべ》ってたのに」

「そうかな？　自分では気づかないけど」

「やっぱりあれね、女になると違うものなのねー」

「や、やだ！　エッチなこと、言わないでよー！」

こういう話題は、いまだに苦手のようだったが。

「…………」

「……お姉ちゃん、また悪いこと企んでますね？　顔に出てますよ、邪悪な相が」

眉をひそめる奈月の言葉を軽く受け流し、ぐっと身を乗りだす。

「ね、奈月。お姉ちゃんのお願い、聞いてくれないかしら？」

「うぅ……どうせこうなると思ってました……」

がっくりと肩を落とす奈月に、そっと耳打ちする。

「……香月お姉ちゃん、怒りますよ？」

「いいわよ、別に。香月のためを思ってすることですもの、嫌われても結果的にあの子が幸せになるなら、お姉ちゃん、本望だわ」

「……嘘ばっかり」

「なんか言ったかしらぁ？」

「別に」

諦めの境地に達したのだろう、奈月は手早く伝票をまとめると、椅子から立ちあがった。真琴に言われた通り、自宅の香月を呼びに行ったのだ。その背中に向かい、声をかける。

「三十分後でいいからね。それまでに準備しておくから」

「はいはい、わかりましたー」

奈月を見送ると、真琴も立ちあがり、厨房へと向かう。この時間なら、そろそろ仕込みも終わる頃合いだった。

「浩ちゃん、終わった？」

「あ、真琴さん。……ちょうど今、全部終わったところです。今から着替えて帰りますから、施錠はもうちょっとだけ待ってくださ……いいぃ!?」

真琴がいきなり浩平に抱きついた。不意を突かれた浩平を、作業台の上に押し倒す。

（あぁ、やっぱり可愛い……っ）

男としては小柄な浩平を強引に組み伏せたまま、怯えたその表情を愉しむ。

「大丈夫よ、そんなに怖がらなくても。それとも、もう私のことなんて嫌いになっちゃった？」

「き、嫌いだなんて、そんな」

「嬉しい。まだ私のこと、好きでいてくれてるの？」

浩平がどうして自分を好きになってくれたのかは、つい最近知った。それが誤解だったことも。それでも、この可愛い、まるで弟のように思っていた少年が自分をずっと好きでいてくれたことが素直に嬉しかった。

（うーん、やっぱり手放すの、ちょっと惜しいかも……）

香月が浩平に好意を抱いていたことはとっくに知っていた。本人に自覚があったかまではわからないが、おそらく小学生の頃からだろう。実際、浩平がこの街へ戻ってきて再会したときの香月の喜びようはすごかった。もちろん、浩平の前ではそんな素振りを見せなかったのが香月らしいと言えばらしいのだが。

そんな可愛い義妹の想いを叶えさせてあげたいと思う一方、まだまだ浩平といろいろなことをして愉しみたいという欲求も真琴のなかではくすぶっている。

（いいわよね、今日だけは……）

そして真琴は、その欲求に身を任せることにした。元来、我慢は苦手な性格なのだ。

唇を重ね、舌を侵入させる。浩平は抗《あらが》わず、唇を緩め、自らも舌を絡ませてきた。真琴が教えた通りに舌を動かしてくる。

（んふふ、ちゃんと言われた通りにしてるわね……いい子よ、浩ちゃん……）

口腔内に溢れた唾を、浩平に移してやる。浩平はその甘い蜜を、喉を鳴らしながらすべて呑み干していく。もっと欲しいと、真琴の舌を吸ってせがんでくる。

しかし、あまりのんびりもしていられない。後ろ髪を引かれつつも、唇を離す。その代わり、浩平の前にひざまずき、ズボンを脱がしはじめる。

「あら、もうこんなになってるじゃないの。ふふ、やっぱり大人のキスをすると興奮しちゃう?」

手早くズボンを足もとまで落とし、下着の前から怒張を引っ張りだす。

まだ初々しいピンク色をした亀頭の先からは、透明な先走り汁が溢れていた。

「や、やっぱり……やっぱりだめですよ! 真琴さん、こんなことしちゃ……ああッ」

やはり香月に対して後ろめたい気持ちがあるのか、浩平が腰を引いて逃げようとする。それより一瞬早く、真琴の唇が若い肉棒をとらえた。

「あう!」

敏感な部分が、ねっとりと温かい粘膜に包みこまれる快感に、浩平の膝が揺れた。

これまでにも何度かフェラチオはしてあげていたが、本気で舌を使ったことはなかった。

(本当のフェラのすごさ、思い知らせてあげるわよ……)

喉に先端がぶつかるところまで、思いきり深くペニスを呑みこむ。胃のなかまで突っこまれるような嘔吐感に堪えながら、舌全体を使って裏筋をぬらぬらと舐めまわす。

あまりに激烈な快感に、浩平の下半身から力が抜けていく。

「や、やめて、真琴さん……うああ、だめだよ、そんなことされたら、僕……僕ぅ……うああッ！」

頬の裏側で尿道口を擦りつつ、亀頭のくびれに舌を巻きつける。先端から次々と溢れてくるガマン汁を、音をたてて啜ってやった。

「ふうぅ、んっ、ふううんっ」

小鼻をふくらませ、汗ばんだ顔を前後に振りたてる。ジュブジュブと淫靡《いんび》な音が、泡立った唾液とともに真琴の唇の端から溢れ落ちる。

「出ちゃうよ、僕、もう出ちゃうぅ！」

（いいのよ、いっぱい出しなさい！　浩ちゃんのエキス、全部私のお口に出してぇ!!）

射精直前の、ぷっくりふくらんだ亀頭に軽く前歯を立てた瞬間、

「うぐゥ！……ぐっ……ぐぐっ……うううぅ……っ！」

熱い弾丸となった精液が、真琴の口のなかに飛びこんだ。

（で、出てる……浩ちゃんのザーメン、こんなにたくさん！……）

初めて味わう浩平の精液はかなり濃厚で、喉に絡んできた。何度か咳きこみながらも、なんとかすべて嚥下《えんげ》する。

「けほ、けほっ！……ンもう、浩ちゃん、いっぱい溜めてたでしょ？　ドロドロですっごく濃かったわよ？」

「ご……ごめんなさい……」

叱られたと思ったのか、浩平が泣きそうな顔で謝ってきた。そんなところも、心底可愛いと真琴は思う。できれば、このまま自分だけのものにしておきたいとも思う。

（でも、香月も同じように可愛いんだもの、しようがないわよね……）

まだ踏んぎりがつかない自分を、なんとか納得させようとする。

（これが最後かもしれないから、もうちょっと味わっとこうっと！）

「わあぁ、ま、真琴さん、またっ⁉」

「だって浩ちゃんのオチン×ン、まだこんなに硬いじゃないの。若いんだから、もう一回くらい出せるよね？……んんっ……んぶぅ……ちゅる……じゅぷっ……」

真琴の言葉通り、若さあふれるペニスは一度くらいの射精ではその勢いは衰えなかった。たった今放出したばかりだというのに、ちょっと舌を這わせただけですぐに元の硬度を取り戻した。

「やめてください……ああ、こ、こんなとこ香月に見つかったら！……」

「いいじゃない、香月には振られちゃったんでしょ？　真琴お姉さんが、傷心の浩ちゃんを慰めてあげるわ……ほら、浩ちゃんは、ここをチロチロされるのが好きなんだよね？」

真琴の言葉通り、まだ精液が残っている尿道口を舌先でくすぐられた肉棒は、一段と硬さを増してくる。赤らんだ亀頭はエラが雄々しく張りだし、いつでも女陰の肉襞を抉る準備ができていた。

開いたままの尿道口からは、先走り液と精液の混じった汁がトロトロと溢れつづけている。鋭く反りかえった肉棒は、なにかを求めるように小刻みに震えていた。

「ほぉら、さっきよりも大きくなってるわ。こんなに硬くしながら香月のことを言っても、全然説得力、ないわよね」

「う……」

「本当はここでエッチしたいんだけど、それはまた今度ね。その代わり、これを使って気持ちよくしてあげる」

ボタンをはずし、上着の胸もとを大きくはだけさせる。ブラジャーを着けていなかったので、いきなり双つの乳肉がシャツを押し退けるようにして現われた。

すべてのボタンをはずしたわけではないので、菱形状に開いた隙間から乳房が絞りだされるような格好だ。そのことによって、ただでさえ目立つ真琴の巨乳がさらに強調されてしまう。浩平の視線を痛いほどに感じる。

「フフフ、すごいでしょ？　でもね、見てるだけでいいの？」

両手で下から持ちあげるようにして、乳房を浩平の目の前に持っていく。

「欲しい？　お姉ちゃんのおっぱい、好きにしたいんでしょ？」

「うぅ……」

まだ香月に対して気兼ねしているのか、なかなか飛びついてこない。

（ウフフ、そうやって強情を張ってると、お姉さんは余計に燃えちゃうのよ？）

形が変わるくらいに乳房を揉みしだきながら、人差し指の腹で乳首を転がす。指を口に含み、たっぷりと唾をまぶしてから、粒立った乳輪を円を描くようにして撫でまわす。硬くしこった乳首と濡れ光った乳輪に、徐々に浩平の目が血走ってきた。生唾を何度も呑みこみながら、それでも懸命にこみあげる欲望に抗《あらが》っていた。

（結構粘るわね、浩ちゃん。けど、こっちもあんまり時間がないのよ。悪いけど、一気にいくからねっ）

あまり時間をかけると、計画に支障が出る可能性があった。もう少し苦しみ悶える浩平を愉しんでいたかったが、渋々断念する。

ビクビクと痙攣しているペニスを、いきなり胸と胸の間に挟んだ。平均以上の長さを誇る浩平のペニスも、真琴の巨乳にすっかり埋もれてしまう。

「うわぁ、や、柔らかいッ！　真琴さんの胸、すっごく……うあああぁ！……」

生まれて初めて経験するパイズリの気持ちよさに、浩平は腰が抜けそうな衝撃を受けた。下半身、特に膝に全然力が入らない。自然、腰を突きだし、まるで乳房を犯すような姿勢になってしまう。

「いいでしょ、これ、パイズリって言うの。浩ちゃんのオチン×ンが、私のおっぱいのなかでどんどん硬くなってるわよ?……ねえ、こういうのは、どう?」

ただ挟むだけでも浩平は射精してしまいそうなのに、今度は乳房を左右から寄せあげていく。乳肉でペニスをしごくようなその動きに、浩平の口からうめき声があがった。

膣壁のような絡みつくような刺激はない。愛液のヌラつく快感もない。その代わり、なめらかな素肌の心地よさとマシュマロに包まれているような温もりがあった。なにより、完全勃起の肉竿をすっぽり呑みこんでしまう圧倒的な乳房が目の前で蠢《うごめ》いている。それを見ているだけでも、すぐに達してしまいそうな興奮を覚えるのだ。

「そろそろイキたくなってきたでしょ? いいわよ、私のオッパイにいっぱい射精して。ほら、こうすればもっと気持ちよくなるからね」

ペニスを軸に、そのまわりを包みこんだ双つの巨大な肉房をまわす。最も回転したときには、左右の乳房が肉棒を挟んで上下に並んでしまう。人並みはずれた巨乳の持ち主にしかできない、極上のパイズリが浩平の目前で展開していた。

「ああ、イク、イキますっ……ああ、真琴さん、どいてっ……あ、あ……出ちゃう！　僕、僕……あぁぁ！」

「ンンン……ッ」

胸の谷間の中心、心臓のあたりに向けて灼熱が弾けた。二度三度と胸肉に挟まれたペニスが痙攣し、大量の白濁汁が吐きだされる。

「アア、感じる……オッパイに、浩ちゃんがいっぱい出してる……っ」

ドクドクと脈打つたびに、灼熱の面積がひろがる。そのすべてを豊満な乳房で受けとめつづけた。

胸を支えていた手をはずすと、谷間から勢いよく肉棒が跳ねあがった。自らの出した精液にまみれたそれは、若さを誇示するようにまだまだ硬度を失っていない。

胸と胸の間には、べっとりと欲望の証があった。あまりに濃いためか、なかなか垂れ落ちてこない。まるで糊のように真琴の肌に張りついていた。

「フフ、ずいぶん出したみたいね」

そのザーメンを手のひらで乳房全体に塗りこむようにひろげながら、妖艶に微笑む。真琴の釣り鐘状の柔肉が、精液で白っぽく濡れ光る。

「ご、ごめんなさいっ」

「謝らなくていいのよ。ううん、むしろ嬉しいわ。私のパイズリ、そんなに気持ちよかったんだ?」

「は……はい、真琴さんの胸、柔らかくてすべすべで、すっごく……気持ちよかったです……」

赤面して恥じらう美少年を見て、真琴の胸が高鳴った。浩平のこの顔が見たくて、つい誘惑してしまうのだ。

視線を下に移すと、相変わらず股間のモノは充分すぎる大きさと硬度を保っていた。十代の牡にだけ許された、無尽蔵の生命力だ。

(これなら、この後も問題ないわね)

そのとき、こちらへ向かってくる足音がした。

2 囚われの小鳥

(来たわね)

素早く厨房の入り口の陰に身を隠し、その人物が入ってくる瞬間に備える。

ガチャ。

「姉さん、来たわよ……あれ、浩平？……な、なによ、その格好はっ？」

入ってきたのは、ウエイトレス姿の香月だった。下半身裸で床に座りこんでいる浩平に怯んだその一瞬の隙に、真琴が背後から襲いかかる。

「きゃああ！　な、なに、誰なのっ!?」

隠し持っていたタオルで口を塞ぎ、ロープで両手首を背中で縛る。香月もかなり抵抗をしたのだが、

「まあ、こういうのも経験の積み重ねよね」

妙に手慣れた真琴に軽くあしらわれてしまった。

「どういうことよ、姉さん！　こんな……こんなことして、冗談じゃすまないわよっ！」

口に突っこまれたタオルを吐きだし、目を吊りあげて抗議する。

「アンタも……浩平もグルなのっ!?」

「ち、違うよ！　僕はなにもっ」

「そう、浩ちゃんは関係ないわ。これは私一人で考えたことよ」

「ちょっ……どこ触ってるのよ！」

「どこって、香月のおっぱいだけど？　いいじゃない、減るもんじゃないし」

「減ったら困るわよ！……ああ、やめ、やめてったら……やだぁ！」

身体を振って胸をまさぐる真琴の手を払おうとするのだが、両手が自由にならない状態ではそれもままならない。

「こら浩平、なにを見てるのよ！　早く助けてよ、バカ！」

「あ……でも……」

あわててズボンを引きあげながら、困ったような目で香月と真琴の顔を交互に見る。どちらにつくべきか悩んでいる。

「浩ちゃんは、当然私の味方よね？」

「な、なにを言ってるのよ！……浩平、この状況を見て、どっちを助ければいいかなんて一目瞭然でしょ!?　ほら、早く助けなさい！」

「あら、香月もずいぶん身勝手ね。浩ちゃんを手ひどく振っておいて、こんなときだけ助けを乞うの？　それ、ちょっとズルいんじゃないかしら」

「な……か、関係ないでしょ、今はそんなこと……っ」

関係ないとか言う以前に、真琴の言ってることが支離滅裂であることに気づかない。

つまり、

（それだけ、浩ちゃんを振ったってことに負い目を感じてるってわけか）

そしてそれは、本心ではいまだに浩平を想っているということでもある。

「浩ちゃん、ちょっとこっちに来て」

片手で香月を押さえながら、浩平を手招きする。

「そのまままわれ右」

「はい？」

言われた通りに、真琴の前で背中を見せる。

「ついでに、両手をこっちに出して」

「こうですか？」

「あっ、バカ！」

香月が真琴の意図に気づいて声をあげたが、もう遅かった。

（うーん、本当に素直で可愛いわぁ、この子）

ちょっとだけ浩平の将来に不安を覚えつつ、インターネット通販で買ったＳＭ用の手錠をかけた。輪っかの部分がクッションで包まれているので、手首を傷つけることなく両手を拘束できるという便利グッズだ。しかも、意外にロープライス。

「えっ……なんですか、これ……うわ、手錠!?」

「ごめんね、浩ちゃん。悪いけど、少しだけ大人しくしててちょうだい」

「このバカ、単純！　少しは疑うってことをしなさいよ！」

「いいじゃないの、こういう素直なところが浩ちゃんのいいところなんだから。それに……」

浩平には聞こえぬよう、香月の耳もとに口を寄せ、

「香月だって、そんなところに惹《ひ》かれて好きになったんでしょ？」

「！………」

香月の顔が一瞬にして朱に染まる。

(あらら、この子もずいぶんと素直な反応ね。これだけ可愛いと、お姉さんとしてはやっぱりいろいろ苛めたくなっちゃうのよねー)

はやる心を抑えつつ、香月を床に座らせる。無駄と悟ったのか、抵抗はなかった。

そのまま背後から香月を抱えこみ、自らがデザインしたウエイトレス服の上から乳房に触れる。

「ひゃう！……や、やめてよ……冗談でも、ここまでやると本気で怒るからね……ああ、やめて、そんなに強く触らないでぇ！」

「敏感なのね、香月。……言っておくけど、大声出しちゃダメよ？　近所迷惑だから

ね。奈月に助けを求めても無駄だしね」

「あ……」

奈月もグルだったことにようやく気づいたのか、香月の表情が強張《こわば》る。

「奈月は私の指示に従っただけだけどね。……なかなか面白い嘘だったでしょ？」

どうせならウエイトレス姿のままで悪戯してみたかった真琴は、

「タウン誌に載せる広告用の写真を今から撮るから、制服に着替えて厨房に来てちょうだい」

そう伝えるよう、奈月に頼んだのだ。

「ああ、いいわあ……やっぱりこの服を着ると、香月の可愛さがさらに引き立つわね。おっぱいも柔らかくて、気持ちイイ！……」

香月に頬ずりしながら、両手で双つの肉丘を優しく揉みほぐす。生地を通して、香月の体温が手のひらに伝わってくる。

「んあ……やっ……やあぁ……やめて姉さん、お願いだから……ああっ……」

制服の上からでもはっきりとわかるくらい、乳首が硬くなっている。赤く染まった首筋に舌を這わせながら、真琴はさらに愛撫を加速させた。

（奈月も敏感だけど、香月も同じね。やっぱり血が繋がってるせいかしら？）

男性経験よりも女性経験のほうが豊富な真琴だったが、ここまで感じやすい娘もあまり記憶になかった。

（私たちのエッチを覗いてたときも、オナニーで潮を吹いちゃったみたいだし。異常なシチュエーションのほうが感じやすいのかな？）

試しに、浩平を使ってみることにした。

「浩ちゃん、私がいいって言うまで、香月から目を離しちゃダメよ。いいわね？」

「は……はい」

浩平も興奮しているのだろう、自ら身を乗りだし、食い入るような目で香月の身悶える姿を凝視していた。

「やあっ、見ないで……お願い、こっち見ちゃダメえぇ……はあぁン」

いつの間にか制服の胸ボタンがはずされ、ベージュ色のブラジャーが露出している。さすがに真琴には見劣りするが、充分すぎるほどのサイズのふくらみが制服から突きだしていた。白く深い谷間にはうっすらと汗が浮き、素肌を妖しく光らせている。

「おっぱいをいじられるだけでこんなに感じちゃうなら、ここを苛められたらどうなっちゃうかしらね？」

「え？……んあッ、はふゥ！……いやっ……いやあああぁっ!!」

ブラのカップのなかに手を差し入れると同時に、香月の耳穴に舌先をねじこんだ。

「いやっ、いやいやっ、やめてっ……やあぁッ！」

両乳首をつままれ、耳の穴を舌で犯された瞬間、香月は不覚にも軽い絶頂に達してしまった。

(嘘……私……イッた、の?……)

ほんの数秒間、香月の意識が途切れた。目の前が真っ白になったかと思ったら、急に全身に鋭い電流が走ったのだ。

そして、それが絶頂によるものだとすぐにわかった。わかりたくなかったのに。

(こんな状況で……浩平が見ている前で、姉さんにされてイッちゃうなんて!……)

屈辱と恥辱に、顔が赤くなるのが自分でも感じられた。

(見られた……浩平にイクところ、見られちゃった……)

恥ずかしくて怖くて、とても顔をあげられない。浩平がどんな顔で自分を見ているのか、想像するだけで泣きたくなった。

それなのに、股間が熱くなってくるのがどうしようもなく切なく、哀しい。こんなに恥ずかしいのに、身体が反応しはじめているのが恨めしかった。

「イッたわね……フフフ、香月のイキ顔、すっごくいいわよ……」

「変なこと言わないで……ああっ、やめて、それ以上はダメッ」

真琴の手が、直接乳房を撫でまわしてくる。撫でられたことなど一度もないが、義姉のこの淫技が普通でないことだけはわかった。

(なにっ、なんなの、この人っ？　おかしいよ……イヤなのに……姉さんに触れられるのなんて恥ずかしくてイヤなのに、勝手に身体がもぞもぞしちゃうよおっ)

なんておぞましくも甘美な愛撫だろうか。乳房と耳への愛撫だけで処女を瞬時にイカせてしまうとは。

義姉の技量を身をもって思い知った香月には、これからされるであろう、さらに苛烈な責めに耐える自信など微塵《みじん》もなかった。

(どうしよう、これ以上されたら、きっと私……ああ、見られちゃう、いやらしく悶えて声を出すのを、全部浩平に見られちゃうよお！)

どうにかして浩平の視線から逃れようと身をよじるのだが、背後からがっちり抱えこまれているうえ、両手も使えない。しかも、今の絶頂で腰から下に力が入らなくなってしまった。

「さあて、香月の乳首と乳輪は、どんな色かしら？」

そんな狼狽《ろうばい》する姿を愉しんでいるのだろう、真琴はさらに恥辱を加えてくる。

ブラジャーを一気に上に捲り、白桃色の柔乳を曝けだした。

「ダメっ、イヤよ、こんなのって……ああ、見ないで！　浩平、お願いだから私のおっぱい、見ないでぇ！」

「ふふふっ、こんなに乳首を尖らせてるクセに……それ！」

ピン、と乳首を指で弾かれた。

「ひいィ！」

「あら、面白い。それ、それっ」

「ヒッ、ヒイッ！　や、やめっ……アアッ、やめて、乳首、乳首、苛めちゃイヤァ！」

先ほどの愛撫で敏感になっている乳首が、さらにその体積を増していく。粒立った乳輪までもがぷっくりと盛りあがる。

「うひッ、ヒッ、ひぐふうぅ！」

左右の乳首を交互に弾かれるたびに、香月の上体も左右によじれた。

快感と苦痛の狭間で、香月はただヒイヒイとうめくことしかできなかった。

「許して……お願い、もう……アア、こ、こんな……あはン、はふぅ、ンンン……ッ」

しかし、香月自身も知らないうちに、そのうめき声が次第に甘い喘ぎ声へと変質していく。いつの間にか真琴は乳首を弾くのをやめ、優しく乳房全体を撫でていた。火照《ほて》った身体を落ち着かせるかのような、繊細なタッチ。再び耳や首筋を舌で舐められた。

「んうぅ……ふあぁっ……ああ、どうして……どうしてぇ……はあぁ、浮いちゃう、身体が勝手に浮いてきちゃうのぉ……」

「いいわ、香月……お姉ちゃんが、もっともっと気持ちよくしてあげるからね」

上半身への愛撫から、徐々に手が下半身へと移動していく。ゼイゼイと喘ぐ腹部を通過し、ミニスカートの裾がゆっくりと捲りあげられる。

「やっ！……」

太腿に冷たい外気を感じてあわてて脚を閉じようとするが、一瞬早く真琴の指先がショーツのなかに侵入してしまった。

「ああッ、触らないで！……イヤ、そ、そんなところまでなんてイヤー！」

「香月って、結構毛深いのね。私の指にいっぱい絡まってくるわよ？」

「ひぃン！　い、言わないで……恥ずかしいこと、言っちゃイヤぁ……」

「それに、すごいジュースの量ね。それとも、お漏らししちゃったのかしら？」

言葉責めに涙を浮かべる香月を、真琴が妖しい笑みを浮かべて見ている。身悶える妹の姿に興奮しているのか、真琴の息もかなり荒くなっていた。額には大粒の汗も浮いている。

人差し指、中指、そして薬指の三本の指を花弁に添えると、そのまま円を描くように動かす。薄い肉リップをこねまわすように、ゆっくりと愛撫する。

「ああ、あン、あはっ！……ひン、ひはあぁぅ……」

自分で触ったときとは比較にならない、強烈な快感が香月の脳を溶かしていく。女の感じる力加減を知りつくした、同性にしかできない魔性の愛撫に、香月はただ身悶えることしかできなかった。

「怖い……ああ、指が、指がすごいのぉ……真琴姉さんの指が、どんどん気持ちよくなっちゃうよぉ……アア、もう……もう限界なのっ……はあン、はあンンン……ッ！」

「いいわよ、イッて。香月のだらしないイキ顔、しっかり浩ちゃんに見てもらいなさいっ」

「!!」

すっかり忘れていた浩平の存在を思いだし、香月に理性が戻る。

「イヤ、イヤよ、イヤ！ 見せないで、こんな私、浩平に見せられないのぉ！ 姉さん、許して……ああ、あああーっ！」

しかしその理性も一瞬で霧散してしまった。

真琴の指先が、女体で一番敏感な突起を転がした瞬間、

「ひゃふっ、イク、イッちゃう！　私、姉さんにイカされちゃふぅ！……ヒイイ、イクうううぅっ!!」

膣口から盛大に温かい体液を吐きだして、香月は今日二度目の絶頂に達した。

3 処女からの哀願

その後もしつこく責めたてられ、そのたびに絶頂を迎えさせられた香月は、ぐったりと横たわっていた。愛液まみれのショーツはすでに脱がされ、捲れあがったスカートの奥には黒々とした秘毛のデルタが見えている。

（もう何回イカされたのかしら……）

最初の三回までは覚えていたが、それ以降はもう記憶がない。覚えているのは、そんな自分の乱れ狂う姿を見つめる浩平の目だけだった。

（……本当に終わりね、私たち……）

これだけ淫らな姿を見れば、いくら心根の優しい浩平でも愛想をつかすだろう。

（こんなことなら、意地を張らなきゃよかった……）

あのとき……浩平が自分を抱き寄せたときに、どうして突き飛ばしてしまったのだろうと、いまさらながら後悔した。どうして、自分の感情に素直にならず、くだらない意地やプライドを優先してしまったのだろう。

「香月、ダウンするにはまだ早いわよ。これからが本番なんだからね」

「ま、まだ……まだ私を辱しめるの？……」

「辱しめるだなんて！　私はただ、香月のことを思ってしてるのよ？　ああ、姉の心妹知らずとはよく言ったものだわ！」

普段なら苛立つそのわざとらしい口調も、ここまで消耗していては怒る気力も湧いてこない。

「いいわ、では、そろそろ最終ラウンドに入りましょう」

「……な、なに、それ？……」

真琴が戸棚の奥から取りだしてきたものを見て、香月の顔から血の気が引いた。

（まさか……まさかあれって！……）

具体的な名称や使い方などはもちろんわからなかったが、それの用途だけはすぐにわかった。

「嘘……嘘でしょ……姉さん、まさかそれでなんて……っ」

「そのまさかよ、香月。待ってなさい、今、すぐに準備するから」

黒光りするその物体が男性器を模したものであることは、処女の香月にもすぐにわかった。当然、それで義姉がなにをしようとしているのかも。

真琴は自ら衣服を脱ぎだし、女性用の疑似ペニスを装着した。

「どう、似合う?」

それは異様な光景だった。

どこから見ても女性である真琴の股間から、禍々《まがまが》しいほどの角度でそそり立つ疑似ペニスが生えているのだ。

「ローションはたっぷりと使って、っと」

その黒光りする人造肉棒に、無色透明の潤滑油を垂らす。ヌラヌラと濡れ光るそれは、まるで悪魔の槍のように香月には見えた。

真琴がゆっくりと歩み寄ってくる。

「イヤ……来ないで……こっちに来ないでぇ!」

逃げようとするのだが、腰から下に力が入らない。

「大丈夫よ、痛いのは最初だけだから。慣れれば、すぐに気持ちよくなれるわよ」

「やめて……やめて!……」

香月の両足首をつかみ、力任せに左右にひろげる。

「ヒイッ!」

たび重なる愛撫により、香月の秘部はローションがいらないくらいに濡れそぼっていた。ぷっくりと盛りあがった肉土手には、べったりと恥毛が張りついている。処女と言うには、あまりに淫靡《いんび》で煽情的な光景だった。

「どうせいつかは破られるんだから。……それとも、処女を捧げたい相手でもいるのかしら?」

真琴が思わせぶりに浩平を見る。

浩平は厨房の隅で、ただ唇を噛みしめながら真琴と香月を見つめていた。その表情からは、劣情と悲しみの同居した、複雑な心境が見て取れた。

「もし香月に好きな人がいるっていうなら、残念だけど処女膜はその男に譲ってあげるわ。でも、でたらめな人を言ってもダメよ。私、ちゃんと調べるからね」

「ああ、ひどい……なんで私がこんな目に……」

「さあ、どうするの、香月。このまま私に処女をくれるの、くれないの?」

「うぅ……」

「ほら、早く答えて」

人工ペニスの先端が、処女の秘口に押し当てられた。

「アアッ、言います、言うから、それ、どかしてっ!」

「言ったらどかしてあげる」

「……い……」

「聞こえない」

「うへい……」

「犯すわよ?」

「浩平よっ、私、浩平が好きなの! 前から、ずっと前から好きだったのよ!……ああ、言ったわよ、早く、早くそれ、どかしてよ!」

仕方ないわね、とようやく真琴が腰を引く。

ふう、と香月が安堵したその直後、再び真琴が衝撃的なことを口にした。

「香月が浩ちゃんを好きっていう証拠、見せてもらうわよ。……浩ちゃん、香月のバージン、奪いなさい」

「ええっ!?」「う……嘘ッ」

浩平と香月が同時に叫んだ。

「何度も言わないわよ、香月。私に疑似ペニスで女にされるか、大好きな浩ちゃんに処女を捧げるか、二者択一。それ以外の選択肢は認めないから。さあ、選んで。……言っておくけど、私も結構切羽つまってるからね、あまり待たされると、強引に犯しちゃうわよ?」

口調はいつもと変わらないが、その表情と目は、言っていることが嘘でないことを示していた。真琴の股間から生えた黒光りするディルドゥが、いやでも視界に入ってくる。

どう考えても、香月の採るべき選択肢は一つしかない。それしか残されていないし、真琴もそれを選ばせようとしている。

浩平に抱かれることを夢想しなかったわけではない。香月がオナニーする際の架空の恋人は、常に浩平だったのだ。ずっと淡い恋心を抱いていた幼なじみに純潔を捧げることは、むしろ香月の願いでもある。

(どうせ逃げられないんだし……もう、いっぱい恥ずかしいところ見られちゃったんだもん、いまさら遅いよね……)

「結論、出たようね。お姉ちゃんと浩ちゃん、どっちに抱いてもらいたいのかしら?」

「……こ、浩平……」

ない。

「くっ……浩平よ、私、浩平に抱かれたいのっ！」

もう破れかぶれだった。これ以上真琴の茶番に付き合うのもいやだったし、なにより、つづけざまにイカされた身体が再び疼いてきたのだ。太腿を目立たないようにすり合わせ、その奥に潜む疼きの源泉を少しでも慰めようとするが、気休めにしかならない。

「聞こえないわ」

淫らな蜜で溢れる秘口を、思いきりいじられたい。

熱く疼く陰唇を、激しく嬲《なぶ》ってほしかった。

「いいのね？　浩ちゃんにバージンをあげても」

そんな香月の焦燥を見透かしたように、真琴の指がなめらかな太腿を撫でてきた。

全身に鳥肌が立つような、繊細で、それでいて子宮を震わせるような官能的なタッチ。

あと少しで秘部に達するというところで、指は引きあげられてしまった。高ぶらされた肉体をくねらせながら、香月が悔しそうに唇を噛む。

「欲しいんでしょ？　香月のアソコ、もう我慢できないくらいに熱くなってるはずよ。たぶんオマ×コから溢れたジュースが、お尻のほうまで垂れてるんじゃないかしら」

「やぁぁっ！」

あまりに直接的で卑猥な言葉に、香月がいやいやをするように頭を振った。

「ほら、いつまでも駄々をこねないで。自分から脚を開いて、浩ちゃんにお願いするの。『どうか香月のバージンを奪ってください』って」

「うっうっ……できないよぉ……そんなこと、言えない……ああっ！」

躊躇《ちゅうちょ》する香月の秘部に、ディルドゥの無機質な先端が押し当てられた。脅しでないことを示すかのように、真琴は少しずつ腰を進めてくる。

「ひっ、や、やだやだっ、姉さん、それ以上はやめてぇ！」

「なら……わかってるでしょ？」

潤んだ目を細め、口もとには薄い笑みさえ浮かべ、真琴は冷徹に言い放った。

（もう、逃げられない……）

恥辱と怯えに身を震わせながら、それでも香月はかすれた声で言った。

「浩平……お願いよ、私の……香月のバージン、もらってちょうだい……ああッ」

口にしてみて、初めてその言葉の重みに絶望した。浩平に抱かれることへの絶望ではない。処女を捧げるという大事なイベントを、姉の思い描く通りに従ってしまうことにだった。

「……だってよ、浩ちゃん。どうするの？」

「ど、どうって……」

「浩ちゃんがいやなら、私が代わりに香月の初めての相手になるけれど？」

浩平は整った顔を真っ赤にしながら、しどろもどろしている。香月の乱れた姿を見ないようには努力しているようだが、それでもときおり視線を剝きだしの太腿や股間のあたりに感じた。だが、浩平に見られるのは不快ではなかった。心の奥底では、もっと見られたい、もっと奥まで覗かれたいという欲望が渦巻いているのが自分でもわかった。

「浩平、私とエッチするの、そんなにいやなの？　私みたいないやらしい女、抱きたくないの？……」

「そ、そんなことっ！」

「じゃあ、お願いよ。私、もう我慢できないの……浩平に、いっぱい抱きしめてもらいたいのぉ！　ああっ見て、私の恥ずかしいアソコ、いっぱい見てぇ!!」

絶え間なく襲ってくる痒みにも似た焦燥感に、香月の理性はもう崩壊寸前だった。自ら大きく開脚し、大量の蜜をたたえた秘泉を露出する。

（恥ずかしいっ……でも……でも、見られるの、気持ちイイ……っ！）

熱く潤んだ陰唇に外気が触れるその感覚に、背中に電流が駆け抜けた。露出の快感に、新たに愛液が染みでてくる。

(見られてる……こんなに大股ひろげてアソコを濡らしてるの、浩平に全部覗かれてる!……)

だが一度露出の悦びを知ってしまった香月は、もう脚を閉じることができなかった。それどころか、膣口の奥まで覗いてもらえるようにと自ら腰を浮かし、浩平に誘うような視線を送ってしまう。誰に教えられたわけではない、女の本能が腰をうねらせた。

「ほらぁ、わ、私、もうこんなになってるんだよぉ? こ、これでも抱いてくれないの?……」

感情の高ぶりに、香月の声が涙で滲む。香月自身、自分がなにを口にしているかもうわかっていない。ただ、この身体の疼きを鎮めてほしかった。

香月の信じられないような変貌ぶりに戸惑っていた浩平も覚悟を決めたのか、思いつめた表情で近寄ってきた。

「い、いいの? 本当に?」

「バカ、ここまで来て……そんなこと聞かないでよっ」

香月は顔を横にそむけ、目をつむった。脚はひろげたままの格好だ。

つまり、好きにしていいという意思表示だった。

「香月……」

浩平の声がすぐ近くから聞こえてくる。浩平は今、自分のどこを見つめているのだろうと考えるだけで、全身が熱くなった。

最初に浩平が触れたのは、桜色に染まった乳房だった。両手で半球を包みこむように、優しく愛撫してくる。真琴のテクニックとは比べるまでもないが、情感のこもった愛撫だった。

「あ……あふ……っ」

香月の口から吐息がもれる。

(ダメ、声、出ちゃうっ)

香月の敏感な反応に気をよくした浩平が、さらに乳房への責めを強めてきた。

ふくらみの裾のほうから柔肉を絞るように握りしめ、乳首を限界まで尖らせようとする。まるで出るはずのない母乳を搾り取ろうとしているかのように、浩平は執拗にその動作を繰りかえした。

「あン、痛いよ……お願い、あんまり強く握らないでぇ……アア、あはぁンン」

乳房の先端に神経が集中していくような錯覚に陥る。本当に母乳が噴きだすのではないかと思うくらい、乳首が限界まで勃起していた。異様なくらいにピンク色の突起が敏感になっている。

（こ、こんな……乳首、こんなになってる！……）

自分でも驚くほどに乳首が垂直に伸び、その周辺の乳輪もこんもりと盛りあがっていた。処女の乳房にしてはあまりに淫靡《いんび》で、あまりに煽情的な光景だった。

（い、いやらしい……私のおっぱい、なんていやらしいの！……）

そしていよいよ、浩平がその敏感な頂きに矛先を向けた。あさましくふくらんだ乳輪ごと、乳房の先端を口に含んだのだ。肥大した乳首を舌で転がし、乳輪を舌先でなぞり、そしてちゅぱちゅぱと音をたてて吸いあげてくる。

もう一方の乳首も、指先で執拗にこねまわされていた。

「ち、乳首っ、ダメ、両方なんて……あはっ、はふぅ！……イヤ、吸わないで……ああ、乳首吸っちゃダメーっ！」

あまりの快感に身をよじって逃げようとするが、両手を縛られたままではそれも叶わない。せいぜい、上半身を少しだけねじるくらいしかできない。

浩平はそんな香月に体重を乗せながら、ひたすら乳首を嬲《なぶ》りつづけた。舐めるだけでなく、ときおり乳首を前歯で甘噛みまでしてくる。そのたびに香月は背中をのけ反らせながら、ヒイヒイと声をあげてしまう。

「んあぁ、あっ、ああーっ！……ダメ、もう……ああ、溶けちゃう、私の乳首、浩平に溶かされちゃうよお……ひゃふ、ふっ……ふああッ！」

香月の汗ばんだ肢体が小刻みに痙攣した。チャームポイントである大きな瞳から、涙がとめどなく流れ落ちていく。開きっぱなしの口からは、苦しげな呼吸音とかすれたうめき声が交互に聞こえてくる。

（やだ……私、イッちゃった……おっぱいをいじられただけで、こんなに感じちゃうなんて！……）

真琴によるものとは根本的に違う快感が、浩平の愛撫にはあった。

（やっぱり私、浩平のことが好きなんだ……）

好きな男に愛撫されるのがこんなに感じることに、香月は驚いていた。そして、もっと深い悦びを欲している自分を発見する。

乳房や乳首だけでは物足りない。この身体の疼きの根元である花弁を、愛する男の肉根で貫かれたい。大事に守ってきた処女を散らしてもらいたい。

そんな想いが伝わったのだろう、浩平は休むことなく次の性感帯へと顔を移動させた。

体を下へとずらし、脚と脚の間に頭を突っこんでくる。

「恥ずかしい……ああ、こんなところ、見られるなんてぇ……」

どうしようもなく火照《ほて》る秘芯に、浩平の熱い息を感じる。それ以上に視線を意識せざるを得ない。

これほどの至近距離に顔があるのだ、香月の恥ずかしい秘所はすべて見られてしまっているはずだった。透明な蜜に濡れる二枚の淫貝も、その奥から少しだけはみだしている肉ビラも、そして剝きあがった陰核も全部、浩平には丸見えだろう。いや、さらにその奥に秘められた膣口すらものぞいているかもしれない。

「アア、み、見えてる？　私の……私のアソコ、全部見てるの？……」

「う、うん、見えてるよ、香月のここ……ああ、すごいよ、こんなに濡れて、きらきら光ってるよ！……」

「ダメぇ、言わないでッ。そんないやらしいこと、お願いだから言わないでぇ！……」

密かに想いを寄せていた男が、今、自分の淫らな器官を覗いている。そう思うだけで全身が総毛立ち、蜜壺からはとめどなく透明な樹液が溢れてしまう。

(ああ、どうして……恥ずかしいのに、どうして見られると感じちゃうのっ？)

あのときもそうだった。

浩平と真琴、それに奈月の三人の淫らな行為を覗き見して自慰したときも、こんなふうに股間が怖いくらいに濡れてしまったことを思いだした。いや、今はあのとき以上の淫汁が股間を妖しく濡れ光らせている。おそらく、濃密な女の体臭も浩平には届いているはずだった。発情した匂いを嗅がれているかと思うと、香月はこのまま消えてしまいたくなるような恥ずかしさを覚えた。

突然、下腹部に生温かいものが触れた。

「ひっ⁉……ひっ、ひあああッ」

浩平の舌と唇が、愛液で潤んだ秘所を責めたててきたのだ。大陰唇の奥に折り畳まれていた小陰唇も指で捲りあげられ、その裏にまで舌が這わされ、こびりついた汁をすべて舐め取ってしまう。

花びらだけでは飽きたらず、薄い皮のフードに保護されたクリトリスにまで舌が伸ばされた。指で包皮が剝きあげられ、米粒のように充血した肉芽が外気に曝される。

「やだ、そこはぁ……ああ、やめて浩平、お願いだからそこは……んはあぁァン！」

先ほど散々真琴にいじられた女陰は、簡単に限界まで高められてしまう。

「イヤ、イヤイヤッ、イキたくないっ、私、もうイキたくないのおっ……んあっ、あああーっ‼」

両手を後ろ手に縛られた上半身を激しくよじりながら、香月は今日何度目かの絶頂へと引きあげられてしまった。ウエイトレス服の間から剝きだされた乳房が、荒い呼吸に合わせてぷるぷると震えていた。頰や目尻、首筋が赤く染まり、処女とは思えないほどの色気を漂わせる。頰には髪の毛が数本汗で張りつき、余計に妖艶な雰囲気を強調していた。

「ら、らめ……こうへぇ、私……もぅ……」

舌が上手《うま》く動いてくれない。視点もぼやけ、はっきり浩平の顔を見ることもできない。

「香月……いくよ……」

絶頂に震える肉孔に硬い先端があてがわれる。処女の本能に身体が震えた。

「ああっ……あ、あああーっ！」

そして、熱い塊《かたまり》が粘膜を巻きこむようにして香月に挿入された。覚悟していたとはいえ、その激痛は想像以上だった。

「痛い……痛い痛いい、浩平、それ以上はダメーっ！　裂ける……あそこが裂けちゃう……アア、お願い、動かないで……ぐぅぅッ」

あまりの痛みに、身体をくねらせて上のほうへと逃げようとする。肉棒はまだ半分しか埋められていなかったが、もう充分すぎるほどの激痛が下腹部を襲っていた。

「無理っ、これ以上は入らないよお！　許して、もう動いちゃイヤぁ!!」

初めて男の肉勃起を見た香月にはわからなかったが、この痛みの大半は、浩平のサイズが平均以上だったことによっていた。しかし、そんなことは香月には関係ない。今はとにかく、この身体を引き裂くような痛みから逃げたい一心だった。

「だーめ。まだ浩ちゃんの、半分しか入ってないじゃない。慣れれば痛くなるから、もうちょっとだけ我慢なさい」

ずりあがって逃げようとする香月の肩を、真琴ががっしりと押さえこむ。これで逃げ道も断たれたことになる香月は、痛みと絶望にぽろぽろと涙を溢れさせた。

そのあまりの痛がりように浩平が一瞬躊躇《ちゅうちょ》するが、真琴が目でそれを制する。

「痛い……痛いの……抜いて……お願い、もうイヤなのぉ……」

「早く全部挿《い》れなさい。中途半端が一番痛いんだから。……それに、奈月だって痛がったのは最初だけだったでしょ？　本当に香月のことを思うんだったら、さっさと感じさせてあげなさい」

真琴の言葉にうなずくと、浩平は一気に腰を押しこみ、肉茎のすべてを膣道に収めた。入り口を少し過ぎたあたりに抵抗感があったが、その奥からは意外とすんなり進めることができた。

「は、入ってるよぉ……浩平のが、私の奥まで入ってるぅ……ああ……あぁぁ……」

自分の胎内に異物が収められるという違和感に香月がうめく。

「あぁ、香月のなか、あったかいよ……ぬるぬるしてて、気持ちイイ……」

「やだ、言わないで……あっ、ダメ、動かないで……まだ痛いの……あくぅぅ……」

つらそうに眉根を寄せるが、それでも少しずつ和らいでいるのか、最初ほど痛がってはいない。散々ほぐされた女陰が、徐々に肉棒の大きさに慣れてきていた。

「あまり力まないで。……そう、息を吸うよりも吐くのを多くして……ほら、だんだん痛くなくなってきたでしょ？」

「はっはっはぁ……ま、まだ痛い……んうっ……はあ、はあぁ……」

破瓜《はか》の衝撃に涙を浮かべながらも、健気《けなげ》に姉の指示に従い息を吐きつづける。それに伴い、浩平のペニスを痛いほどに締めつけていた膣壁が少しずつ緩んできた。逆に肉襞が複雑な蠕動《ぜんどう》をはじめ、初めて受け入れたペニスに絡みついていく。

「アアッ、変なの……入り口のほうはまだ痛いのに、奥のほうがむずむずしてるのぉ……やあ、怖い……こんなの変、変だよお！」

初めての挿入で悦びを感じはじめたことに、香月は戸惑いの表情を浮かべた。

(な、なんなの、これ？……あんなに痛かったのに、それもだんだん薄れてる……ああ、イヤよ、初めてなのに感じるなんてダメぇ！）

だが意識すればするほど、膣道の奥をついてくる熱い存在をはっきりと感じてしまう。雄々しく張りだしたカリ首、力強く脈打つ肉筒が粘膜を通して伝わってくる。

「か、香月……ああ、香月ぃ！」

「ま、待って！　動かないで……やあッ、まだ動いちゃやだあ！　はうぅンン！」

肉棒を柔らかく包みこんでくる肉襞の心地よさに、最初に浩平のほうが折れた。香月の名を叫びつつ、腰を前後に振りたてる。愛液と破瓜《はか》の血に濡れた肉棒が、ぐちゅぐちゅと音をたてながら膣口を出入りする。

「はあン、あン！……深い、浩平のが、お腹をずんずんしてくるぅっ！　あぁ、やめて、お願いだからこれ以上奥まで挿《い》れちゃだめえ！」

裂かれるような痛みはいつしか遠ざかり、代わりに脳が痺《しび》れるような鈍い快感が下腹部を襲う。今まで触れたことのない場所を亀頭に擦られるという快感に、次第に溢れる声を堪えられなくなっていった。

「ああっ……やン……やっ……はあぁっ、ダメなの……こんなのダメなのにぃ……ああ、イイ、浩平に擦られるの、気持ちイイよお！」

そしてついに、香月は自ら感じていることを口走った。一度言ってしまったことで

精神のたがが緩んだのか、香月の喘ぎ声は一気にエスカレートしていった。

「イイっ、そこ、感じるのぉ！　いけないのに、香月、初めてなのに、奥まで突かれて感じちゃってるのぉ！　アア、もっと、もっといっぱい抉ってぇ!!」

「フフ、香月ったらもう感じてるの？　さっきまで痛い痛いって泣いてたのは嘘だったのかしら?」

汗と涙に濡れた香月の顔を、妖しい笑みを浮かべた真琴が覗きこむ。

「う、嘘じゃないの、さ、最初は本当に痛かったのに……ああっ、あン！……なのに……ふあッ……奥を擦られると、気持ちよくなっちゃうのお……やあぁ、当たってる、浩平、深すぎるうぅ！」

ウエイトレス服を汗でぴったりと肌に張りつかせながら、香月が床の上で身悶える。両手を使えないのがもどかしいのか、しきりに上半身を左右によじっている。

乱れたスカートの裾からのぞく太腿が、無意識に浩平の胴に絡みついていた。自ら腰を浮かし、より深い結合を求めてしまう。

肉棒が女陰を出入りするたびに、染みでた愛液がぐちゅぐちゅとあたりに飛び散る。すでに破瓜の血も洗い流され、溢れてくるのは白く濁った粘液だけになっていた。

「浩ちゃん、教えたでしょ？　同じように突くんじゃなくて、いろいろな角度をつけて腰を振りなさい」

「は、はひっ」

浩平も限界が近いのか、顔を真っ赤にして、それでも真琴の指示通りに怒張の角度を変えてきた。今までとは異なる場所への刺激に、香月がいよいよ追いたてられる。いやいやをするように頭を振り、嗚咽をもらす。浩平の背中で組み合わされた両足のつま先がピンと反りかえっている。

膣道はまるで熱湯を注がれたように熱く、カリに引っかかれるたびに腰が浮きあがる。処女膜を喪《うしな》った痛みなどとうに消え去り、残ったのは純粋な快楽だけだった。ペニスを突き入れられ、肉襞を抉られ、秘毛同士が擦れるたびに、一歩一歩絶頂への階段をあがっていく。

「溶けちゃうよ、溶けちゃうっ。ダメっ、もうおかしくなるの、私、もう無理ぃ！」

「いいのよ、香月。イキなさい。浩ちゃんにオマ×コ溶かされて、好きなだけイッちゃいなさい！……」

「イヤ！　こんなのおかしいっ……くう……イ、イク……ダメっ、イッちゃう……イクうううぅ!!」

食いしばった歯の間から、香月の生臭い声が飛びだした。

アクメに達した膣道が急激に窄まり、浩平の肉棒を締めつける。限界まできていた若勃起がそれに耐えられるはずもなく、浩平はあっさりと熱い精を香月の胎内に放ってしまった。

「ひいっ、で、出てる!?……いやあぁ、なかっ、なかにいっぱい出されてるッ……ダメ、ダメよ、もうこれ以上は出しちゃイヤーッ!!」

子宮口を叩かれるような射精のショックに、香月がポニーテールを振り乱して喚いた。女体の一番奥に放たれた精の熱が、じんわりと膣粘膜に染みこんでくる。初めて体験するその感覚に、香月の肢体がビクリと跳ねた。

これでたてつづけに三回の射精となった浩平のペニスはさすがに力を失い、半勃《だ》ちのままずるりと秘口から抜け落ちた。

とても今まで肉棒が入っていたとは信じられないような狭い肉孔から、愛液と精液の混じった淫汁がとろりと溢れ、床を汚した。

「フフフ、気持ちよかったでしょ？　やっぱりセックスは、生でなか出しが一番感じるわよね」

ロストバージンとアクメの衝撃で放心状態になっている香月を背後から抱き起こしながら、真琴は目を細めて微笑むのだった。

Ⅴ 彼女は僕だけのウエイトレス

1 思い出の公園で

「浩ちゃん」

自分を呼ぶ声に、浩平は全然気づかなかった。

「浩ちゃん、焦げてるわよ！」

「は？……あ、わああぁ！」

肩を叩かれて、ようやく目の前の業務用オーブンから黒い煙が出ていることを知った。あわててなかのケーキを取りだしたが、それはもうケーキと呼べるような代物《しろもの》ではなかった。洋菓子よりも、備長炭《びんちょうたん》のほうがむしろ属性としては近いだろう。

「あーあ、真っ黒ね……」

「す、すみませんっ」

「別に謝らなくてもいいけど。どうせそれ、お店に出すものじゃないんでしょ?」

「はあ……」

「例の、新作? でもあれ、もう完成したって言ってなかったかしら?」

「そのつもりだったんですけど……もうちょっと改良してみようかと」

「ふーん、相変わらず研究熱心ね。でも、その情熱の何割かでいいから、可愛い私の妹に振り分けてくれない? 浩ちゃん、あれからまともに香月と話してないでしょ」

「…………」

誰のせいですか、とよっぽど言ってやろうかとも思った。自分と香月がこんなに気まずくなった責任の一部は、間違いなく真琴にもあるはずだ。

「あのねぇ浩ちゃん。あなたは香月が怒ってると思ってるみたいだけどね、あの子、少なくとも浩ちゃんを嫌ってなんかないわよ?……まあ、私を恨んでるのは間違いなさそうだけど」

そう言う真琴だが、別に気にしている様子はない。

「そりゃあね、私だってちょっとやりすぎたかな、なんて思ってるわ。でもね、私なりにあなたたちのことを考えてのことだったこと、わかってくれる?」

「……あそこまでやる必要はなかったんじゃないですか?」

「う……浩ちゃん、もしかして、私のこと、怒ってる?」

「……怒ってませんよ」

嘘ではなかった。怒ってるとすれば、欲望に流されつづけ、本当に好きな人を傷つけてしまった自分自身にだった。

(元はと言えば、僕が香月との思い出を、しっかり覚えてなかったのが原因なんだから……)

最近は、香月の悲しむ顔しか見ていない気がする。

もう一度、香月の笑顔が見たかった。

「まあいいわ。で、仕事の話なんだけど、お使い頼んでいいかしら?」

「………」

「ねえ、なにか言いなさいよ」

「う、うん」

「………」

「………」

「怒るよ、本気で」

「だ、だって、なにを話せばいいのさっ？」

真琴に頼まれた買い出し。買う物が一人で持つには多すぎるからと、半ば無理やり香月が手伝いに駆りだされた。もちろん、これが真琴のお節介であることは疑う余地はない。

もちろん香月もそのことはわかっているはずだが、それでも今はおとなしく荷物の半分を持って浩平の隣りを歩いている。

「ところでさ……どうして香月、こんなに暑いのにコートなんか着てるの？」

陽はすでに沈み、あたりはもう暗くなっている。昼間に比べればかなり気温もさがっているが、それでもまだかなり暑い。本格的な夏は近いようだ。

「私が、好きでこんな格好してるとでも思う？」

額に汗を浮かべた香月が、ぎらりとにらむ。

「姉さんにいきなり買い物に行けって言われたから、着替える暇もなかったのよっ。だから、大急ぎでコートだけ持ってきたのっ」

どうやら、コートの下はウエイトレス服のままらしい。

（確かに、あの服で外を出歩くのは恥ずかしいだろうなあ）

真琴が趣味（煩悩？）を存分に活かして作成しただけあって、店内ならともかく、道を歩くにはかなり抵抗のあるデザインだった。

（でも……そうすると、あのコートの下は……）

そんなことを考えていると、

「あーっ、暑いっ！」

香月が切れた。

「もうこんなのいやよ！……浩平、ちょっと寄り道するわよ！」

「あ、ちょっと！」

あと少しで『プティ・スール』というところで、香月が道を曲がった。せめて荷物を置いてから、と言おうと思ったが、香月はずんずん先に進んでいった。

仕方ないので、重い荷物を抱えたまま、黙って香月の斜め後ろをついていく。

（あれ……この道は……）

どこに行くかと思っていたら、案外近くだった。

「さすがに平日の夜だと、誰もいないわね」

様々な思い出のつまった公園。香月はまっすぐベンチへと向かっていく。

「浩平、このベンチ、わかる？」

「……わかるもなにも」

このベンチで、幼い浩平は約束をしたのだ。

（そして、その約束を忘れてしまったんだ……）

「座ろ？」

「う、うん」

香月はまわりに誰もいないことを確認してから、羽織っていたコートを脱いだ。よほど暑かったのだろう、首筋や腕、スカートからのぞく太腿にもびっしりと汗の珠が浮いていた。

コートのなかにこもっていた熱気が、ほんのりとした香月の体臭とともに浩平に流れてくる。

（ああ、香月の匂いだ……）

古びたベンチは、今の二人が座るとちょっと狭かった。香月が荷物を足もとに置いたので、浩平もそれに倣《なら》う。

「ふう、暑かった……」

ハンカチで汗を拭きながら、なんでもないような口調で話しだす。浩平が心配していたほどには、機嫌は悪くないようだ。単に暑くてイライラしていただけなのかもしれない。

「浩平さ、私との昔の約束、忘れてたでしょ？」

「……ごめん……」

「あ、違うのよ。約束の相手が姉さんだと勘違いしてたってのは、もういいの。私が言ってるのは、もう一つの約束のこと。浩平がパティシエになるって言いだしたときの約束」

「……あ！」

それは覚えている。いや、今、思いだした。

真琴が『プティ・スール』を開店させると聞き、少しでも役に立てることはないかと考えていた中学生の頃だ。たまたまテレビでパティシエという職業を知り、「これだ！」と思ったのも束の間、お菓子どころかまともに料理もしたことがない浩平に協力を申しでてくれたのが香月だったのだ。

もともと家族に料理を作っていた香月から基本を教わりつつ、本などで必死にパティシエとしての勉強を積み、高校にあがる頃にはそれなりのお菓子を作れるようになっていた。もちろん、潜在的に浩平にその方面の才能があったからこそなのだが。

「いつかちゃんとしたパティシエになったら、そのときは私に……私のためだけに、ケーキを作ってよ」

　あのときの、少し照れたような香月の顔も思いだせる。

「思いだした？」

「うん。……そうだね、僕はまだあの約束を果たしていない。それに」

「それに？」

「それに……香月にちゃんとお礼も言っていなかった。ありがとう。香月がずっと付き合ってくれたおかげで、僕はどうにかパティシエの端くれになれたんだ。初心者の僕にいやな顔一つせず、丁寧に、親切に教えてくれたこと、本当に感謝してる」

「バ、バカ……今頃言ったって遅いわよ……」

　しかし、そう言う香月は嬉しそうだ。気のせいか、頬のあたりが赤くなっている。

「そしてもう二つ、言っておかなきゃならないことがある」

「二つ？」

「一つは、ごめん。僕、香月に謝っても謝りきれないほどひどいことをしちゃった。許してくれるとは思ってないけど、それでも……ごめん」

　ベンチから立ちあがり、直角に腰を折って頭をさげる。

「い、いいわよ、もう。あれは真琴姉さんが悪いんだし……それに、そのぉ……私……浩平が相手だったから、実はそんなにショックを受けてないんだ」

今度ははっきりと赤面しながら、それでもまっすぐに浩平の目を見つめて言った。

「だから、もうそのことは気にしなくていいよ。今だって、そのことを伝えようと思ってここに寄り道したんだから。だって浩平、いつまでもそれで悩んでいるようだったから」

「か、香月だって、ずっと塞ぎこんでたじゃないか。だから僕も、どうしたらいいかと思って悩んでたんだよっ」

そのままお互いの顔を見つめ合う。

最初に笑ったのは、香月だった。少し遅れて、浩平もつられるようにして笑った。

「……やっぱり、香月は笑ってる顔が似合ってるよ。……もう一つ言おうとしてたことはね、僕、香月が好きだってこと。いつも僕の側にいて、いつも励ましてくれてたの、香月なんだよね。もう遅いかもしれないけど、でも、ちゃんと言いたかったんだ」

「…………」

いきなりの告白に、香月が口を開けたままの表情で固まっていた。

「ああ、言いたいこと言ったらすっきりした！　さ、あんまり遅いと真琴さんが心配するね、そろそろお店に帰ろうか」

荷物を抱えあげて振りかえると、香月はさっきの表情で固まったままだった。

「……香月？」

「あ、あのねえ……」

「ん？」

「自分だけ告白しておいて、私になにも言わせないのって、ずるくない!?　自分だけ楽になろうなんて卑怯よ！」

浩平の襟を引っ張り、もう一度ベンチに座らせる。

「わ、私だって……私だって、ずっと浩平のこと、好きだったんだよ？　それなのに、浩平はいっつも姉さんのことばっかり……。私がどれだけつらかったか、考えたことあるの!?　わからないでしょ、私の気持ちなんて！」

「香月……」

「ねえ、もう一度聞かせてよ。本当に、私のこと、好き？　真琴姉さんよりも？」

暗くてはっきりは見えなかったが、どうやら香月は泣いているようだった。

「うん、何度でも言うよ。……僕、香月が好きだ。真琴さんよりも、誰よりも一番好きだよ」

「ああ、浩平……っ」

どちらからともなく顔が近づく。そして、初めての口づけ。

唇と唇の表面が触れるだけの、ささやかなキス。

「よかった……私のファーストキス、浩平にあげられた……」

涙を拭いながら、けれど優しい顔で微笑む。

「順番、滅茶苦茶だけどね。バージン奪われて、告白されて、ファーストキス……。えへへ、変なの。本当は、浩平も初めてならよかったんだけどね」

「うっ……」

浩平のファーストキスも初体験も、すべて真琴に奪われている。

「ちょっとだけ悔しいけど、まあ、それは許してあげるわ。その代わり、浮気は許さないからね、わかった？」

「うん、もう香月だけだよ。二度と、見失ったりしないから」

そして、もう一度唇が重なった。触れ合うだけではなく、今度は口腔内に舌を差しこみ、温かい粘膜を重ね合った。甘い唾を啜り、啜られる。形よい歯と歯茎の境目を舌先で舐められた香月が、睫毛をピクピクと震わせている。

目を閉じ、舌を預けながら、両手で浩平の肩をつかむ。浩平の手がブラウスの胸の部分を撫でてきても、香月は抵抗しなかった。むしろ、自分から胸を突きだし、もっと愛撫してほしいと要求する。

夏用の薄いブラウスの生地を通して、ブラジャーのカップに包まれた柔らかいふくらみを味わう。香月は舌も乳房も浩平に預けたまま、身じろぎもしない。

（い、いいのかな、もっとやっても……）

ここまででやめておくつもりだった浩平の股間に、次第に血液が集まっていく。香月の舌を吸いこみながら、目だけを動かして公園の様子を観察する。陽は完全に落ちて、かなり視界は暗い。見える範囲には、浩平と香月以外に人の気配はなかった。

（い、いいよね……香月だって、いやがってないようだし……）

「うう!?」

乳房を弄《もてあそ》ぶのとは逆の手を、そっと香月の臀部へとまわした。ぎりぎりまで短くされたウエイトレス服のスカートの上から、香月の尻を味わう。香月はもぞもぞと腰を左右に振って手から逃れようとしたが、本気でいやがっている様子ではない。

（お尻触っても怒らないの？……）

胸と尻を撫でられて感じはじめているのか、香月は悩ましげに眉根を寄せ、それでも健気《けなげ》に舌を動かしてくる。熱い鼻息が頬に当たる。

「ねえ、香月……ベンチに手をついて、こっちにお尻、向けられる？」

長く濃厚なキスを終えると、浩平は思いきって言ってみた。平手打ちくらいは食らうかと覚悟していたが、

「こ、ここでするの?……」

恥ずかしそうに頬を染めたものの、これまた拒絶はしなかった。上目遣いに浩平を見る目も、どこか期待に潤んでいるようだ。

「こ、こう?……ああン、スカート、捲れちゃううう……」

言われるままベンチに手をつき、浩平に背を向ける。あまり高くないベンチのため、お尻を掲げるような姿勢になってしまう。短いスカートのため、もう少しで下着がのぞけてしまいそうだ。

「やだっ、こんな格好、恥ずかしいよお」

薄暗いとはいえ、人目を遮るものなどなにもない公園でこのようなポーズをとらされることに、香月は震えがくるような高ぶりを感じていた。

まだ処女を失って間もないというのに、いや、普通のセックスも知らないのに、いきなりの野外プレイ。それなのに、香月の下腹部は火傷《やけど》しそうなくらいに熱を発している。ひんやりとした外気が心地よいくらいだった。

(濡れてる……香月のパンツの底、びちょびちょだ……)

薄暗い外灯の光では細かいところまでは見えないが、それでも下着越しに淫らな秘貝が透けているのがはっきりとわかる。熟れた真琴や幼い奈月の形状とは違うのが新鮮な発見だった。

（そうか、女の人のアソコって、みんな形が違うんだ……）

そうなると、今度は直に見てみたい。姉や妹とどこがどう違うのか、もっとはっきり比較してみたくなった。幸い、香月に逆らう気配は感じられない。

ふるふると小刻みに震えている尻肉を軽く撫でてから、ショーツを脱がしはじめる。香月は少しだけ抵抗する素振りを見せたが、すぐに動かなくなった。その代わり、膝がガクガクと揺れている。白い太腿の表面にはうっすらと汗が浮かんでいた。

（もしかして香月、こういうのが好きなのかな？……）

このあいだのことや真琴の話から推察すると、どうも香月は他人の視線に性的興奮を感じる性癖の持ち主らしい。今も、いつ、誰が通りかかるかわからない夕暮れの公園でウエイトレス姿のまま尻を掲げながら息を荒げている。恥ずかしさだけではない、別の感情が香月を支配しているように、浩平には思えた。

「香月のパンティー、脱がすよ？」

スカートのなかに手を差し入れ、ショーツのサイドの布に指をかける。

「いや……ああ、こんなところで……いやっ、いやぁ！……」

口では拒絶の言葉を連ねる香月だが、身体は抵抗らしい抵抗を見せない。ショーツもするするとおろされ、肩幅に開いた膝のあたりでとまった。そのショーツの底の部分には、愛液の染みが楕円形にひろがっていた。

香月は両手で顔を覆ったままベンチに突っ伏している。ときおり吹き抜ける風に、ポニーテールがさわさわと揺れていた。

（わっ、もう、こんなになってる！　香月って、本当にこういう状況で感じちゃうんだ……）

浩平は桃尻の割れ目に鼻先を近づけ、まじまじと濡れた秘所を観察した。前回はそんな余裕もなかったので、香月の女陰をじっくり見るのはこれが初めてだった。

あたりはもうかなり暗くなっていたが、ベンチ脇には小さな外灯もあり、暗さに慣れた目なら充分に女体の隅々まで見ることができた。

何度もクンニリングスをさせられた真琴の花弁と比べてみる。一番違いが顕著だったのは、大小の陰唇だった。真琴に比べて色も淡いし、大きさも明らかに小さい。はみだした肉ビラの形状も、真琴のほうがずっと複雑で、淫靡《いんび》な印象だった。

肛門や会陰部の下に見える膣口の周囲は妖しく濡れ光り、奥からは次々と透明な蜜が溢れていた。膣前庭はすでに愛液でねとねとになっている。鼻をくんくんと鳴らせば、香月の匂いまで嗅げてしまう。

「香月のここ、もうべとべとだよ……ああ、なんか酸っぱい匂いもする！……」

「なっ……嘘でしょ……ああ、匂いなんて嗅いじゃダメッ！　イヤよ……ああ、アソコの匂いを嗅がれるなんてぇ……はあぁン……はふンン！」

野外で股間を見られるだけでも死ぬほど恥ずかしいのに、そのうえ発情した女臭を嗅がれてしまうという屈辱に、香月は喘いだ。恥ずかしければ恥ずかしいほど、つらければつらいほど花芯は疼き、愛液の量は増えていく。クリトリスを保護している包皮も指で剝きあげられ、充血したその姿を外気に曝していた。

「うあッ、あッ、あはァッ！　濡れちゃうの、私、こんなことしてアソコを濡らしてるのぉ……はあぁ、どうしよう、とまらない、いやらしい気分が全然収まらないよお……っ」

「いいよ、香月のいやらしい姿、もっと見せて」

「ダメなのぉ……ああ、こんな姿、浩平に見られたくないのよぉ……」

けれど、一度意識した視線はなかなか香月の脳裏から去ろうとしない。夕暮れの涼風に陰部を曝しながら、香月はとめどなく愛液を垂らしつづけた。

「ダメっ、もうダメなの！　お願い浩平……こんな私、軽蔑しないで！……」

　初めて体験する野外露出のめくるめく興奮に、香月はもう欲望を抑えきれなかった。浩平の顔が目の前にあるにもかかわらず、発情しきったラビアを指でさすりはじめたのだ。

「うああっ、イイ、オマ×コ、気持ちイイィ！」

　思わず耳を疑うような卑猥な声をあげながら、香月は指の動きを速めていく。柔らかくほぐれた陰唇がよじれるたびに、ぐちゅぐちゅという淫らな水音が公園に響く。

　膣孔が様々な形状につぶれ、その奥からは泡立った粘液がとろとろと溢れてくる。膣前庭に収まりきれなくなった淫汁が、糸を引きながら地面へと落ちていった。

　ウエイトレス服のスカートを捲りあげ双尻を露わにした美少女が、自らの秘部を愛撫しながら喘ぐ姿に、浩平の肉棒は完全勃起していた。興奮に震える手でズボンをおろし、天を向くほどに反りかえった肉筒を取りだす。

「香月、手をどけて」

「え……ああ、い、挿《い》れるのね？　浩平のオチン×ン、香月のいやらしいオマ×コにくれるのね？……ンンン……くああッ！」

　これがまだ二度目の挿入とは思えないほど、香月は積極的に腰を浮かして怒張を受け入れた。あまりに濡れすぎていて、一度は亀頭が膣口の上で滑ってしまったほどだ。

「ウウッ！　か、香月のなか、とろとろしてるよ！　オチン×ン、まるで濡れた手で握られてるみたいだ！」

処女膜を喪《うしな》ったばかりとは思えない反応を見せる女陰に、浩平の声も上擦《うわず》った。恥骨を香月の臀部にぶつけんばかりに、激しく腰を振って応戦する。ここが公園のベンチであることも、背徳的な快楽を引きだしていた。

獣のように香月にのしかかり、シャツの上から乳房を荒々しく揉む。ポニーテールの下に隠されたうなじに唇を押しつけ、汗ばんだ肌を味わう。

あらん限りの力を振り絞り、熱く潤んだ蜜壺をひたすら貫いた。ピストンするたびにぶちゅぶちゅと淫汁が飛び散るので、浩平の陰毛も陰嚢《いんのう》も、すっかりびしょ濡れになっていた。

「ハアン、ハン、アァァン！……イイの、イイのぉ！」

公園の外にまで聞こえるような大きな嬌声をあげながら、香月の上体が起きあがってきた。まるで体力測定で行なう上体反らしをするときのように背中が反りかえり、顔が空を向いてしまった。

「ウウッ、イッちゃう、イッちゃふううぅッ！」

その顔は汗と涎れにまみれてはいたが、浩平はそんな香月を綺麗だと思った。自分の肉棒が香月をよがり狂わせていると思うと、胸が満足感でいっぱいになった。

「僕もっ、僕も一緒にイクよ！　香月のなかに、僕のをいっぱいぶちまけるんだ！」

「ちょうだいっ、浩平の精子、私の奥にいっぱい注いでぇーっ!!」

限界まで背筋をしならせた香月の身体が、一瞬制止した。その直後、アクメに達した女体が壮絶な痙攣を見せた。

「ひぎっ……ひっ……いひぃいいぃぃ!!」

そして絶頂の荒波にさらわれると同時に、女体の最も深い場所へ濃厚な精液が注がれた。

「イク、イグ……ゥウウ！……」

夜の無人公園で、二人は同時に絶頂を迎えてしまった。

2 公開ラブ調教

「私、変態なのかも……。姉さんたちのエッチを覗いたときも、浩平に見られながらイカされつづけたときも……それに、姉さんに見られながら初めてエッチされたときも、すっごく興奮しちゃったもの……」

いつの間にかあたりは完全に夜の帳《とばり》が降り、薄暗い外灯のまわりには小さな虫が集まりはじめていた。空には一番星も見える。

二人は互いに身を寄せ合うようにして、並んでベンチに腰かけていた。情欲に任せた行為の疲れに、二人ともどこか気怠《けだる》そうだ。

「普通じゃないほうが好きなんだ?」

「……そうかも……。だって、今だってこんな……いつ誰が来るかもしれない公園のベンチなのに……こんな恥ずかしい格好なのに、私、いっぱい感じちゃったもん……。このあいだ初体験をすませたばっかりなのに、もうあんな……」

先ほどの自分の乱れようを思いだしたのか、香月は赤くなった顔を浩平の肩に預けた。

「いいんじゃないの、別に? だって、香月は香月だから。それに、エッチなのは僕も同じだし……」

スカートのなかに手を忍ばせ、さっきはき直したばかりのショーツに指を這わせる。

「やっ……もう、だ、だめよ……今、したばっかりなのに……ああン」

布地の上から軽く触れただけなのに、香月はもうじっとしていられなくなった。自ら脚を開き、さらに強い刺激を求める。

「ねえ、ショーツの上からじゃイヤよ。お願い、ちゃんと直接いじってぇ……」

鼻にかかった甘い声で浩平の耳もとに囁く。

「うん……じゃあ、今度は香月が上に乗ってくれる？　背中を僕に向けたままで」

浩平は少し考えてから、背面座位と呼ばれる体位を選択した。これは一度真琴を相手に経験していて、密かに浩平が気に入っていた体位だった。

「……う、うん……」

自分でショーツをおろし、ベンチに座ったままの浩平に尻を突きだす。これだけでも逃げだしたくなるくらい恥ずかしい。しかも、この体勢だと公園のすべてが視界に入ってくるため、自分が野外で淫猥なことをしているのだと改めて思い知った。

「や、やっぱりやめよ？　つづきは家に帰ってから……ひゃうン！」

怖じ気づいて振りかえった瞬間に、香月の女陰に怒張が差しこまれた。心の準備ができていないところだったので、思わず大きな声がもれてしまう。

結合したまま、浩平が香月の身体を抱き寄せる。ベンチに背中を預け、腰だけを上下に振りたてる。

「イヤっ、これだめっ、こんなの恥ずかしすぎるぅ！　はおっ、ほおおッ！」

脚を無理やりひろげさせられ、両手首をつかまれる。こうすると香月は逃げることもできなくなり、ただ浩平の上で喘ぐことしかできなくなった。

「だめ、こんなのだめよ！　あはっ、はふン！……ひいっ、ふっ、深いのっ、これ、奥の奥まで届いちゃうんだよお！　アア、ああン！」

全体重のほとんどが結合部にかかるため、通常の体位では考えられないほどの密着感が生じる。加えて視界が広い分、いつ誰に見られるかというスリルは先ほどとは比較にならなかった。理性を吹き飛ばして悦楽だけに浸るには、この視界はあまりに広すぎた。

「いひッ、ひぐゥ！　あた、当たってふ、先っちょ、子宮に届いてるろおっ……はふっ、はぐふゥ！」

目も眩むような鮮烈なフィット感に、香月は歓喜の涙を流しながら喘ぐ。女壺が壊れるかと思うほどに激しく突きあげられる。一度射精したせいか、浩平の腰の動きにも余裕が感じられた。ただ突くだけでなく、緩急をつけたり、角度を変えてみたりと、様々な工夫を凝らして香月を高みへと引きあげていく。

「だめ、イクっ、私、またイッちゃう！」

二度目の絶頂に達しようとしたその瞬間、

「!?」

香月が凍りついた。

「……どうしたの?」

その様子に、浩平も動きをとめて香月の視線の先を追った。

(……子供?)

小学校の低学年くらいだろうか、数人の子供がこちらへ向かって歩いてきた。手に持っているものを見ると、どうやら花火をするつもりらしい。

「ちょ、ちょっと浩平、さっさとおろしてよ! あの子たちに見られちゃうっ」

「んー……」

「浩平!」

「大丈夫だよ、保護者はいないようだから。せっかくだから、あの子たちに見てもらおうよ。香月だって、そのほうが燃えるでしょ?」

「な……なにバカなこと言ってるのよ!? 本気なのっ!?」

「うん、本気だよ。……さあ、再開するよ。遠慮しないで、思いきり声を出していいからね」

まだなにか言いたそうな香月を無視し、浩平が再び腰を突きあげた。

ぐちゅり、と音をたてて、熱を持った怒張が香月の膣道を抉りながら突き進む。

「うひィ！……ひっ、ひううぅッ！」

「ほら、もっと大きな声出して！」

「いひっ、いいいぃ、いぎいぃ！……やあああっ、やめて、ああ、もう……もうだめぇぇっ!!」

必死に声を噛み殺していた香月だったが、アクメ直前までいった身体は、もう制御不能だった。ペニスが女陰を出入りするたび、亀頭が粘膜を擦るたびに、香月の肉体は確実に絶頂への階段をあがっていった。

「あの子たち、僕たちに気づいたよ。見えるだろ、こっちに駆け寄ってきてるの」

「ああ、だめ……こんなところ見られるなんて……ああ、だめなのに……ハァン！」

子供たちは遠巻きに、半裸のウエイトレスと、それを抱きかかえた若い男を見ていた。近寄っていいものか、リーダー格とおぼしき男の子が思案顔で香月と浩平を見比べている。

「いいよ、もっとこっちに来ても。面白いものを見せてあげるから」

「ひっ！……嘘……だ、だめよ君たち、こっちに来ちゃだめッ」

まったく逆の言葉に戸惑っていた子供たちだったが、好奇心には勝てなかったのだろう、恐るおそるではあったが、ベンチのほうに近寄ってきた。

「お、お兄ちゃんたち、なにをしてるの？」

リーダー格の男の子が、グループを代表して質問した。まだ性には目覚めていないだろうが、それでもちらちらと二人の結合部を覗いてくる。

「お兄ちゃんたちは、とっても気持ちイイことをしてるんだよ。お姉ちゃん、すっごく綺麗な顔してるだろ？」

「ああっ……」

いくら子供が相手とはいえ、結合している最中の顔を見られるのは想像を絶するつらさだった。香月は顔をそむけようとするが、それを小声で浩平が咎《とが》める。

「だめだよ、ちゃんと顔をあげて。……大丈夫、すぐに気持ちよくなるから」

「あっ……やあ、動かないで……ああン、見てるのよ、子供たちが見てるのに……ああ、お願い、みんな、お姉ちゃんのこんなところ、お願いだから見ないでえっ……ああン……あふぅっ！」

スカートが結合部の前にかぶさっているので、かろうじて秘所は見えないが、それでもくちゅくちゅという水音や、露出の悦びを浮かべた表情は隠しようがない。

「な、なんの音、これ？」

「これはね、お姉ちゃんがみんなに見られて気持ちよくなってる証拠なんだよ。ほら、だんだん大きくなってきただろ？」

「やだ、やめて、やめてよ……イヤッ、深いっ、深すぎるよぉ……だめ、激しいのお……ああ、はあああぁーっ！」

赤の他人に見られるという異常なシチュエーションに、香月の理性が消し飛びはじめた。浩平の動きに合わせて自らも腰を振りたて、貪欲に快楽を追い求める。

結合部から聞こえてくる水音はいよいよ大きくなり、子供たちもその音源を怯えたような目で見つめていた。

「いいのよ、見て！　君たちに見られると、お姉ちゃん、すっごく気持ちイイの！ああ、どうしよう、変に、変になっちゃうの！……あはァン、はン、はアアッ！」

子供たちのそんな視線に、香月の肉体は敏感に反応していた。膣道が窄まり、肉棒をきりきりと絞りあげる。次から次へと溢れる淫蜜は肉棒を伝い、浩平の会陰部まで濡らした。

「君たち、お姉ちゃんのスカート、捲ってごらん。すごいのが見られるから」

「う、嘘……だめ、そんな……うあぁ、こんなところ、見られるなんてぇ！」

子供たちは互いの顔を見合っていたが、リーダー格の少年が恐るおそる香月のスカートをつまんだ。そのままそっと捲りあげていく。

「うわぁ……な、なにこれ⁉」

少年の反応に、他の子供たちも香月の股間を覗きこんでくる。

「イヤ、見ないで！　アアッ、ひどい……こんなの……ああ、あはッ！」

子供たちの視線を感じたのだろう、浩平を締めつける力が一段と強くなった。

「なんだよ、これぇ……なんかぬるぬるしたのが、お姉ちゃんの穴に出たり入ったりしてる？……」

「お尻の穴に入ってんのかな？　でも、なにが入ってるんだろ？」

「あ、なんかぐちゅぐちゅって音がしてるぞ？」

「穴の上についてるの、なんだろ？」

子供たちはスカートのなかに頭を潜らせんばかりに、結合部に近寄っていた。彼らの言葉や視線の一つひとつが香月を破壊していく。

「ひぎっ、くひっ、ひゃひぃぃぃッ！　死んじゃう、恥ずかしくて、死んじゃうぅぅ！……はひっ、はひぃぃぃン！　だめ、溶けちゃうの、私のアソコ、変になるのォ！」

「君たち、お姉ちゃんのお豆、触ってみてくれないかな？　米粒くらいの白っぽい珠が見えるだろ？」

「う、うん」

グループのなかで一番年下とおぼしき少年が、唾を呑みこみながらうなずいた。浩平たちがなにをしているかはわからなくても、本能的に淫靡《いんび》な雰囲気を感じ取っているようだった。

「そのお豆を、軽くいじってみて。面白いことが起きるから」

「だめ！　そんなことしちゃだめよ、ボク！　うあッ、そ、そんなことされたら、お姉ちゃん、おかしくなっちゃうからぁ！……あくっ、あふうン！」

「さ、やってみて。なんだったら、他のみんなも一緒に、まわりを触ってみていいから」

みんなでやっていいと言われたことに安心したのか、子供たちがほぼ同時に手を香月の股間に伸ばしてきた。

「ヒイッ!?」

何本もの手が、肉棒を咥えたままの秘部を這いずりまわる。フードを押し退けるようにしてふくらんだクリトリスだけでなく、汗と愛液で濡れた秘毛、左右に大きくひろげられた外陰唇、緊張に強張《こわば》る太腿にまで子供たちの小さな手が襲いかかっていた。

「んひいいいぃっ、らめっ、もう、もう……っ！」

「ほら、イケ！　子供たちにクリトリスやマ×コいじられながら、思いきりイッちゃえ！」

浩平も異様な興奮に声を上擦《うわず》らせながら、香月の秘所を突きあげつづけた。肉のシャフトが胎内にめりこむたびに、子供たちの手に愛液が飛び散る。

「うあぁッ、イイ、オマ×コ燃える！　だめ、もう……もう、本当にイッちゃうの！　ヒイッ、浮いちゃう、香月、公園でまたイクぅ！」

背中を浩平に預け、ぐん！　と弓なりに反らす。

「いあああッ、イヤッ、こんなのだめェ！……ああ、見ないで……お姉ちゃんのマ×コ、見ちゃだめえぇぇッ!!」

「出すよ、香月！　僕も、もうだめだ……うあ……あああ……っ!!」

ペニスを最奥まで挿入したまま、浩平が熱いものを放出した。ドクドクと脈打ちながら、大量の精液を香月の胎内に注ぎこんでいく。

「あ、熱い……んああ、熱いのお！　ふあ、あっ……イク……イクイク、イックゥうううぅ！　くひぃぃぃンン!!」

夜の公園に嬌声を響かせながら、子供たちの目の前で香月は盛大に淫靡《いんび》な花火を打ちあげた。自分がなにをしているかわからなくなっていた。

「はおおッ、はひぃぃぃっ、出る、出ちゃふぅぅっ！」

大量の潮と尿が膣口と尿道口から噴きだし、スカートの前面や足もとの地面に染みを作る。身体中の穴が弛緩するような感覚は、とろけるような快感を与えてくれた。

「お、お漏らししてる！……うわぁ、逃げろぉ！」

香月のあまりの乱れように怖くなったのか、子供たちがいっせいに逃げだした。

その後ろ姿を焦点の合わない目で追いながら、香月は最後にもう一度、絶頂の余韻に身体を震わせた。

3 後ろで尽くして

「遅かったわね。もう閉店時間よ？」

店に戻ると、真琴がシャッターをおろしていた。

「ごめんなさい、姉さん。その代わり、お店のお掃除は私と浩平でやるから、先に休んでて」

「ふぅん……へぇ……ほおぉ……」

数時間前とは明らかに雰囲気の変わった二人を見て、真琴がにやにやと笑っている。

浩平と香月になにがあったのか、一発で見破ったようだった。なにより、こんなに遅れた時点で疑われるのも当然と言えば当然なのだが。

「なっ……なに見てるのよっ」

「あらあら、照れちゃって、可愛いわね、香月ったら。いいわ、お店のほうは二人に任せるわね。私と奈月は先に家のほうに戻ってるから」

それから香月に近づき、浩平には聞こえないよう小さな声で囁く。

「ソファとか、あんまり汚しちゃダメよ？　それと、香月のロッカーに面白いもの入れておいたから。お姉ちゃんからのプ・レ・ゼ・ン・ト」

「え？……」

「うふふ、じゃ、よろしくねー」

なにが楽しいのか、スキップするような足取りで家のほうに帰っていった。

「……行こうか、浩平」

「う、うん」

いったん荷物を倉庫に置いてから、誰もいなくなった店に向かう。香月は一度着替えてくるというので、浩平だけが先に掃除をはじめた。

誰もいなくなった店内を、一人で黙々とモップがけする。自然、公園でのプレイが思いだされ、股間に血液が集まるのがわかった。頭をぶるぶると振り、なんとか仕事に集中しようとする。

「お、お待たせ……」

ドアが開く音につづいて、香月の声が聞こえた。着替え終わったのだろう。そちらのほうは見ずに、

「床は僕だけでやるから、香月はテーブルとカウンターを拭いてくれないかな？……香月？」

返事がないのを不審に思い、浩平が顔をあげる。

「なっ……なに、その服は!?」

香月の着ている服を見た浩平の声が裏返った。

全体的なシルエットはいつものウエイトレス服と変わらないデザインだったが、ところどころに手が加えられていた。

一番の大きな違いは、なんと言っても胸の部分だった。円形の穴が開いていて、そこから双つの乳房がのぞいていた。乳房の裾に比べて円周の長さが足りないのか、微妙に絞りだすようになっている。そのため、普段よりも胸が強調されていた。

さらに、スカートの丈が著しく短くなっている。通常でも決して長いとは言えない

スカートが、今や股間すら隠せないほどに短くカットされていた。

オーバーニーストッキングとガーターベルトが、白い太腿をより美しく、より淫らに飾りたてている。

乳房と股間を手で隠しながら、香月がゆっくりと浩平に歩み寄ってきた。恥ずかしさのためか興奮のせいか、その顔は公園で喘いでいたときと同じくらいに朱に染まっている。

「この服ね、お姉ちゃんからのプレゼントなの。新しい制服を作ったときに、一緒にデザインしたんだって。……ねえ、へ、変かな、これ？」

隠していた手をおろし、その淫らなデザインの制服を披露する。両手を後ろで組み、肩幅に脚を開く。顎を引き、上目遣いに浩平を見る瞳は、きらきらと潤んでいた。

「へ、変というか、その……えっと……か、可愛いし……とってもエッチだよ」

「うん。いかにも真琴姉さんらしいよね、このデザイン。でもね……これ着ると、すっごくエッチな気分になっちゃったの……ちょっと着てみるだけだったんだけど、私、もう……」

ふう、と悩ましげに息をつくと、いきなり浩平の前にしゃがみ、ズボンのチャックをおろした。

「あン、さっきあんなに出したのに、また大きくなってる……」

「だ、だって、そんな格好見せられたら……」

「もうっ、どうしてみんな、ウエイトレスの制服が好きなのぉ？」

みんなというのは、もちろん真琴を含めてのことだろう。

「だって、ただでさえ可愛い香月が、余計に可愛くなるんだもん」

「……バカっ」

けれど、可愛いと言われた香月はまんざらでもなさそうだ。嬉しそうに浩平に微笑んでから、取りだした怒張に手を伸ばしてくる。

「うわぁ、浩平のオチン×ン、ぬるぬるしてるよぉ……」

香月のいやらしくも可愛いウエイトレス姿に、浩平の分身は溢れる先走り液でぬめ光っていた。縦割れの尿道口が金魚の口のようにパクパクと開いている。

「ねえ……こうすると、気持ちイイ？」

親指と人差し指で輪っかを作ると、青筋の浮いた肉茎をそっと上下に擦ってきた。

それだけでも声が出るほど気持ちよかったが、香月はさらに、浩平の若勃起を口に咥えてきた。

「うあ!?……か、香月……ああ！……」

ペニスが温かい粘膜に包まれる快感に、浩平の腰が震えた。

口唇奉仕は初めての香月だったが、意外に戸惑うことなく、スムーズにペニスへの愛撫を行なっている。テクニックはまだ稚拙だったが、浩平に感じてもらおうという奉仕の姿勢が、その舌使いに表われていた。

たっぷり唾を含んだ舌で裏筋を舐めあげる。鈴口を舌先でねぶり、染みでた先走り汁を音をたてて啜る。顔を傾け、頬の裏側の粘膜に先端を擦りつける。

「んんぅ……んっ、ふぶっ……んうぅ……」

愛らしいポニーテールをぽんぽんと揺らしながら、懸命に首を振り、舌を蠢かす。初めてとは思えないその舌技に、次第に浩平にも余裕がなくなってきた。

いくら若いとはいえ、短時間で三度も放出しては、その後の回復に時間がかかる。香月のフェラチオでイクのは今度にして、今はこの魅力的なコスチュームのまま貫くことにした。

香月の口から肉棒を引き抜くと、浩平は手近なソファに腰をおろした。歩道に面した、窓際の席だった。

「おいで、香月」

唇のまわりを唾液で汚した香月が、素直に従う。

「ど、どうすればいいの？」

体位のことを聞いてきた。

「香月は、どんなのがいい？」

「わ、私は……普通に、浩平の顔を見ながら……したい……」

「正常位？」

「う、うん……」

羞じらう香月の表情に、浩平の肉棒がさらに力強さを増す。もう、これ以上は我慢できなかった。

香月の細い腕を取り、ソファに引きこむ。ちょうど浩平に倒れこむような姿勢になった。そのまま脚を開かせ、対面座位の体位で貫こうとする。

「きゃっ！……ああ、な、なに？　ちょっと、普通にしてくれるんじゃなかったの？」

「これならお互いの顔、見られるよ？」

「やあン、これ、この格好、恥ずかしいのぉ！……アアア！」

有無を言わさず、浩平は下から一気に怒張を突きあげた。香月はショーツをはいていなかった。

「んあっ、んはあぁッ！……バ、バカ、い、いきなりなんてひどいよぉ……あン、だめ、もっとゆっくり……ああ、奥まで……奥まで届いちゃううう！」

香月のそこは愛撫など必要ないほどに潤んでいた。肉棒の動きに合わせて、ぐちょぐちょと大きな音が聞こえる。

「ああっ、イイわ、イイ……はぁン、感じちゃう……お店でこんなことしてるのに、アソコが……オマ×コが感じちゃうよお……はあぁ……っ」

まだ数回のストロークだというのに、香月は早くも腰をくねらせ、甘い声をあげていた。公園での異常な興奮が、まだくすぶっているようだった。

浩平の頭を両手で抱き寄せ、制服から突きだした乳房に顔面を押しつける。硬くしこった乳首を擦りつけるように、身体を左右に振りたてる。浩平も舌を出して、その乳首を責めたてた。

「はあン、はあ、はふぅンン……ああ、好き、好きよ、浩平……アア、とろけちゃう……私、このまま死んじゃいたいよお……あああぁ……っ！……」

ポニーテールを揺らして、淫らなウエイトレス服に包まれた身体が激しく上下する。根元から絞りだされた乳房がぶるぶると震え、ストッキングに包まれた形よい脚が浩平の胴を締めつける。

「どうしよう、イッちゃうよ……私、もう何度目かわからないよお！」

「……もっと感じさせてあげるね」

今にも達しそうだった香月の表情が強張《こわば》った。

「う、嘘……イヤ……イヤーッ!!」

外から店内が覗けないように引かれていたカーテンが、浩平の手で開けられてしまっていた。薄暗い街灯に照らされた歩道が香月の視界に飛びこんでくる。

公園での露出と違い、店内での行為を見られるということは、自分の身元がすぐにわかってしまう危険をはらんでいる。しかも、こんな淫らなウエイトレス服を着ていては、言いわけの余地もない。

「ああ、閉めて、早く閉めてぇ！　見られちゃうよ、誰かに見られちゃううぅ！」

「大丈夫、ここは夜、あまり人が通らないから。それに、本当は見られたいんだろ、香月は？　カーテンを開けた途端、僕のをすごい力で締めつけてきてるじゃないか」

「だって……ああ、だって……あああッ、どうしよう、見られちゃう……こんな格好でエッチしてるとこ見られたくないのにっ」

顔を歩道に向けたまま、それでも香月は腰をとめることはせず、貪欲に肉棒から愉悦を絞り取ろうとしている。溢れる愛液の量は信じられないほどになり、浩平の股間どころかソファまで濡らしていた。

「だめぇ……お願い、カーテン閉めてぇ……ううっ……見られちゃうよ……ああ、こんなおっぱい丸出しのウエイトレス姿なんて、誰にも見せたくないのぉ！」

一度は絶頂に達しそうだった香月も、さすがに外が気になるのか、なかなか最後の峠を越えられないでいた。イキたいのにイケないもどかしさに、半狂乱になって腰を振りつづけている。

「ああ、早く、早く出してぇ！　誰かに見られる前に、早くオマ×コに射精してよぉ！　ああ、来ちゃうよ、誰か来ちゃうぅ！」

うわごとのように叫びながら、必死に腰をくねらせる。肉棒を咥えこんだ膣穴が、いびつに歪みながら、白く泡立った粘液を吐きだしていた。

「イキたいのにっ、思いきりイッちゃいたいのにぃ！……怖いの、誰かに見られるのが怖いのぉ……ああ、だめ、もう狂っちゃうよ、香月、おかしくなるのぉ！」

そんな香月の狂乱を救うべく、浩平がそっと尻の狭間に指をあてがった。以前、真琴に教えられたテクニックを思いだしたのだ。

「ひっ!?……やぁ、そこ、そこは違うよっ……イヤぁ、だめっ、そこ、汚いのにぃ！」

初めて菊門を触られた香月が、怯えた声を出す。尻に力を入れて指を押しかえそうとするが、大きく股を開いた状況ではあまり効果がなかった。

たっぷり愛液をすくい取り、皺の襞に塗りこむように指を這わせる。排泄器官を触られるというおぞましさは、しかし、すぐに妖しい興奮を香月に呼び起こした。

「イヤ……変、お尻の穴、くすぐったいのぉ……ああ、はおぉっ！……だめ……お尻はだめぇ……ああ、イヤよ、お尻なんてイヤ……んふぅぅ、入ってくる……浩平の指、お尻の穴に潜ってくるのお！　いひぃいぃっ！」

前と後ろを同時に貫かれた香月が、その強烈な刺激に身体を震わせた。

「イッ……うああッ、イク、らめっ、わたひっ、イクっ、はひっ……イクーッ!!」

ビュプッ！

二穴同時責めに大量の飛沫をまき散らしながら、香月が絶頂を極めた。

「はひっ、ひっ……はあっ、はああ……っ」

「香月、お尻の穴、感じるんだ？　指だけでこれなら、こっちを突っこんだら、もっと気持ちよくなれるかな？」

「え？……」

達したばかりでぼんやりしていた香月は、膣から引き抜かれたペニスの先端が菊門に触れてもすぐには反応できなかった。

「大丈夫、香月の愛液でぬるぬるになってるし、指でいっぱいほぐしてあるからね」

「う、嘘……や、やめて！　そんなの……そんな太いの、無理ぃ！……ぎひぃぃぃ!!」

先ほどまでは指すらも知らなかった尻穴に、凶悪にエラを張った肉棒がめりめりと潜っていく。

「イヤっ、許して！　痛いの、お尻、裂けちゃうっ!!」

香月は必死に括約筋に力を入れて異物を押しかえそうとするのだが、一度緩められた直腸は容易には締まってくれない。むしろ、裂傷を避けるための本能なのか、逆に浩平の勃起を受け入れるような動きも見せていた。

「こら、力まないで！　本当に裂けるよ!?　血だらけになりたいの？」

「うう……ひ、ひどいよ……ああ、バカ……バカバカぁ……ああ……あくぅうぅ！」

香月は泣きながら、尻から力を抜いた。その途端、まるで鉄の棒を肛門に突っこまれるような衝撃が下腹部に襲いかかった。浩平のペニスが、根元までアナルに押しこまれたのだ。

「やめてよ……ああ、お尻なんてやめてぇ……んあぁ、あっ、イヤ……抜いて……お尻から抜いてぇ！」

直腸粘膜を擦られる苛烈な感覚に、香月は子供のように泣き喚いた。逃げようにも、腰が抜けたように下半身に力が入らない。下手に動くと、今よりも深く挿入されそうなのも恐ろしかった。

内臓を直接嬲《なぶ》られているような刺激は、膣での交わりとは異質な衝撃があった。肉体的な苦痛よりも、排泄器官で繋がるという精神的ショックが大きい。

「やめ……やめてぇ……はくぅ……はっ、はぐううっ……どうしよう……ああ、お尻、怖いよおぉ」

それでも、時間とともに肉体的な痛みは薄れてきた。それと入れ替わりに、じんじんするような、痒みにも似た感覚が直腸とその入り口を襲ってくる。肛門の蕾がぴくぴくとうねりはじめたのを確認してから、浩平はゆっくりと腰を動かしだした。

「ひっ……はひっ、ひっ……やめて……うあ、だめッ、動いちゃだめ！」

根元まで埋まっていた肉の屹立が、肛門周辺の粘膜を巻きこむようにして引きだされていく。亀頭のくびれのあたりまで引いてから、再び直腸の奥を目指して挿入する。張りだしたエラに敏感な粘膜を抉られ、香月の口から悲鳴があがる。

しかし、出し入れを何度か繰りかえすうちに、香月の反応に変化が表われた。

「なっなに、これ……ああ、なんなのよ、これぇ……ああ、どうして、どうしてぇ!?」

肛道に挿入されると相変わらず息苦しいような圧迫感があったが、それも耐えられないほどではなくなってきた。だがそれ以上に、肉棒が引き抜かれる際の解放感に似た背徳の快楽が香月を狼狽《ろうばい》させた。

排便するときの本能的な心地よさに近いが、それよりももっと乱暴で強烈な、圧倒的な解放感。痛みはとうに去り、下腹部をかきまわされる快感だけが残った。

「イヤ、感じたくないよっ……ああ、お尻なんてだめ！　肛門なんかで感じたくないよお!!」

膣を刺激されるときの鋭い快感ではなく、もっと鈍い、けれどいつまでもつづくような気持ちよさが香月を狂わせた。先ほどイカされた前の穴からは、白く粘ついた新たな愛液が溢れだしている。

「うう……キツいよ、香月のお尻！……」

「だめ、言わないで……そんな恥ずかしいこと、聞きたくないよぉ……あぁッ、もうっ、もう……ッ」

激しくペニスが出入りする菊門はまるでイソギンチャクのように形を歪ませながら、亀頭に張りつくように浩平を締めあげた。膣壁の優しく包みこむような収縮とは違うすさまじい締めつけに、浩平もついに限界を迎える。

「出すよ、香月のなかに！　香月のお腹のなかに、僕の、いっぱい注ぐから！」

「ああ、ちょうだい！　浩平の熱いの、たくさんお尻に出してぇ！　はあン、好きよ、大好きなのぉ！　ひゃふぅン!!」

浩平のラストスパートに合わせて、香月が腰を振る。ぐぷぐぷと卑猥な音をたてながら、香月の尻穴が激しく歪み、肉棒を呑みこんでいく。

そして浩平が大量の精をアナルに放つと同時に、

「後ろッ、後ろの穴、イイ、感じちゃう！　ハオオッ、んうううううっ！　だめ、イク、イクの、香月、イグっ……イッちゃ……ふううぅッ!!」

香月はついに最後の壁を乗り越え、初めてのアナルセックスで達してしまう。膣穴から盛大に潮を吹きあげ、浩平にもたれかかるようにして崩れ落ちていった。

エピローグ　君は約束のひと《ファムファタル》

日曜の朝は、タイムサービスとして限定のケーキが『プティ・スール』に並ぶ。浩平の作るケーキのなかでも一番人気のメニューなのだが、手間がかかりすぎるため、週にこの日だけ店頭で売りだされることになっていた。

「うわぁ、今日もいっぱいお客さん、並んでるですぅ」

開店の準備をしていた奈月が、店の外に並ぶ客を見て言った。

「大量生産できれば、もっと売りあげが伸びるんだけどねえ」

「うわぁ、真琴お姉ちゃん、まるで経営者みたいなこと言ってるー！」

「一応経営者なんだけどね、私……」

真琴は苦笑しながら、レジスターの小銭が足りているかチェックをする。レシート

用の感熱紙もたっぷりあるのを確認してから、

「浩ちゃん、準備のほうはいい？」

「はい、もう全部焼きあがりました」

「香月もＯＫ？」

「うん、いつでも大丈夫」

「よし、それじゃ今日も一日、頑張って稼ぎましょう！　『プティ・スール』、開店！」

カランカランと、ドアに取りつけられたベルが開店を知らせる。同時に、行列を作っていた客がいっせいに店内に雪崩《なだ》れこんできた。もちろん、目当ては限定ケーキだ。前日の夜から浩平が遅くまで仕こみをして作ったケーキが、見るみるうちに売れていく。手間暇と材料費を考えれば、実はあまり儲けはないようだが、真琴はそれでもいいと言っていた。

「いいのよ、別に。赤字にならない程度に売れてくれれば、それだけでいいの。夢だったのよね、可愛い妹たちと一緒にケーキ屋さんをするのが。だからお店の名前も『プティ・スール』、妹って意味なのよ」

休日で天気もいいとあって、この日も一日中、客足が途切れることはなかった。いつもと変わらない、けれど幸せな一日がゆっくりと暮れていく。

「ありがとうございました、またのお越しをお待ちしてまーす」

カラン……。

最後の客がドアを出て、一日の営業が終了する。浩平たちの間に、少しだけほっとした空気が流れた。

「それじゃ、奈月はお店の玄関を掃き掃除してきますぅ」

可愛らしい制服のフリルとお団子ヘアを揺らしながら、奈月が箒《ほうき》とちりとりを持ってドアを出ていく。

「ああン、奈月の後ろ姿、可愛いわぁ……あの髪型がロリロリでいいのよねえ……」

「真琴姉さん……いい加減、妹離れしたらどうなの？」

「あら、奈月にヤキモチ？　大丈夫よ、奈月と同じように香月のことも可愛がってあげるからン」

「そ、そういう意味で言ったんじゃないわよ、もう！……まったく、我が姉ながら困った人だなあ……」

けれど、悪態をつく香月の表情に、以前のような険しさはない。

「そうそう、いい機会だから言っておくけど、もう私や奈月に変なことしないでよ？　悪気がなかったようだから許してあげるけど、あれ、ほとんど犯罪だからね!?」

「やあン、怒った顔も可愛いわぁ、香月」

「くっ……いいわね、姉さん！　それと浩平！」

「えっ、僕？」

「アンタも、姉さんが誘惑してきても無視なさい、いいわね!?」

「う、うん……わかったよ」

「えー、浩ちゃんもダメなのー？」

真琴が不満そうな顔をするが、香月ににらまれて渋々引っこんだ。

「香月、後片づけが終わったら、ちょっと厨房に来てくれる？　見せたいものがあるんだ」

浩平の言葉に、香月がうなずく。

「ん？　わかった」

「あー終わった終わったぁ」

掃除もすべて終わり、真琴と奈月が自宅に戻っていく。

「なによ、見せたいものって？」

「うん、これ。前に言ってた新作」

厨房の業務用冷蔵庫から、浩平が透明な器を出した。

「新作って……ケーキじゃないよね、これ？」

「うん、今回はデザートなんだ。だって香月、ケーキよりもパフェとかデザートが好きって言ってたよね、昔」

「そうだけど……え、ってことはこれ、私に？」

「約束したでしょ？　香月のためだけにケーキを作るって。……厳密にはケーキじゃないけどね……って、あれ？　な、なんで泣いてるの？　僕、変なこと言った？」

「バカ……嬉しいからに決まってるでしょ……もう……鈍感なんだから……っ」

そして立ったまま、そのデザートを試食する。

「うん、すっごく美味《おい》しいよ。これ、お店に出したら、きっと売れるんじゃないかなあ。うちって、こういうメニューあんまりなかったし」

「ありがとう。でもね、これはお店には出さないよ。香月のためだけに作ったんだから」

「浩平……」

「実は、名前ももう決めてあるんだ。『ファムファタル』」

「？……意味は？」

「フランス語で……『約束の人』」

『プティ・スール』のメニューに『ファムファタル』が記載されていたことを知った香月が真琴につめ寄っていたのは、それから数日後のことだった。

「姉さん、覗いてたのね!?　バカーっ!!」

美少女文庫
FRANCE SHOIN

約束《やくそく》～彼女《かのじょ》はウエイトレス！

著者／青橋由高（あおはし・ゆたか）
挿絵／安藤智也（あんどう・ともや）
発行所／株式会社フランス書院
〒112-0004　東京都文京区後楽 1-4-14
電話（代表）03-3818-2681
（編集）03-3818-3118
URL http://www.france.co.jp
振替　00160-5-93873
印刷／共同印刷
製本／宮田製本

ISBN4-8296-5713-8 C0193

美少女文庫
FRANCE SHOIN

◆◇◆ 好評発売中！◆◇◆

原稿大募集 新戦力求ム!

フランス書院美少女文庫では、今までにない「美少女小説」を募集しております。優秀な作品については、当社より文庫として刊行いたします。

◈応募規定◈

★応募資格

※プロ、アマを問いません。
※自作未発表作品に限らせていただきます。

★原稿枚数

※400字詰原稿用紙で200枚以上。
※フロッピーのみでの応募はお断りします。
必ず**プリントアウト**してください。

★応募原稿のスタイル

※パソコン、ワープロで応募の際、原稿用紙の形式にする必要はありません。
※原稿第1ページの前に、簡単なあらすじ、タイトル、氏名、住所、年齢、職業、電話番号、あればメールアドレス等を明記した別紙を添付し、原稿と一緒に綴じること。

★応募方法

※郵送に限ります。
※尚、応募原稿は返却いたしません。

◈宛先◈

〒112-0004 東京都文京区後楽1-4-14
株式会社フランス書院「美少女文庫・作品募集」係

◈問い合わせ先◈

TEL: 03-3818-3118
E-mail: edit@france.co.jp
フランス書院文庫編集部